dtv

Alle Jahre wieder ist Weihnachten und auch der Vorzeige-Einwanderer Osman kann sich diesem Fest der Liebe im Kreise der Familie nicht länger entziehen. Wie die »Eingeborenen« möchte er alles gut deutsch zelebrieren. Und wir dürfen ihn dabei begleiten: zum Tannenbaumkauf, zum Christmas-Shopping für Frau und Kinder, zum Weihnachtsessen mit seinen Kollegen aus Halle 4 und schließlich auch zu den Weihnachtsfeierlichkeiten bei den Engins. Dass diese Unternehmungen nicht reibungslos ablaufen, dafür sorgt nicht nur seine Frau Eminanim, die zweitgrößte Nervensäge des Mittleren Orients, oder sein missratener kommunistischer Sohn Mehmet. Selbst Fluchtpläne erweisen sich nicht als Ausweg, denn »an Heiligabend ist Deutschland geschlossen«.

Osman Engin, 1960 in der Türkei geboren, lebt seit 1973 in Deutschland und ist studierter Soziologe. Er schreibt Satiren für Zeitungen, Zeitschriften und den Rundfunk. 2006 wurde er für seine Hörfunkbeiträge mit dem ARD-Medienpreis ausgezeichnet. Bei dtv sind seine Romane ›Kanaken-Gandhi‹ (20476) und ›GötterRatte‹ (20708) sowie die Satiren-Bände ›Oberkanakengeil‹ (20631), ›Don Osman‹ (20799) und ›West-östliches Sofa‹ (20908) erschienen.

Osman Engin

Getürkte Weihnacht

Mit Cartoons von
Til Mette

Deutscher Taschenbuch Verlag

Von Osman Engin
sind im Deutschen Taschenbuch Verlag erschienen:
Kanaken-Gandhi (20476)
GötterRatte (20708)
Oberkanakengeil (20631)
Don Osman (20799)
West-östliches Sofa (20908)

Originalausgabe
Oktober 2006
2. Auflage Januar 2007
Deutscher Taschenbuch Verlag GmbH & Co. KG,
München
www.dtv.de

Umschlagkonzept: Balk & Brumshagen
Umschlagbild:Til Mette
Gesetzt aus der Linotype Bodoni Book 10,25/13,5'
Satz: Greiner & Reichel, Köln
Druck und Bindung: Druckerei C. H. Beck, Nördlingen
Gedruckt auf säurefreiem, chlorfrei gebleichtem Papier
Printed in Germany
ISBN-13: 978-3-423-20931-1
ISBN-10: 3-423-20931-3

Inhalt

Ooo Tannenbaum

Letztes Jahr war ich mit meiner Familie zu Weihnachten bei deutschen Bekannten eingeladen. Meinen Kindern hat die Weihnachtsfeier sehr gut gefallen. Der Tannenbaum, die Kerzen, die bunten Kugeln, die Strohsterne und die Zwerge mit der kleinen Holzhütte unter dem Baum. Als wir wieder zu Hause waren, bestanden die Kinder darauf, dass wir nächstes Jahr auch Weihnachten feiern. Ich dachte mir, dass die Kinder nichts Unmögliches verlangten. In gewissem Sinne würde ich damit meinen Teil zur Integration beisteuern, so wie es sich die deutschen Politiker doch wünschen. Außerdem wäre es was völlig Neues für mich.

In diesem Herbst bin ich fast aufgeregter als die Kinder, die ständig nach ihrem Tannenbaum fragen:

»Vater, kauf doch endlich einen Tannenbaum! Wenn du noch lange wartest, gibt es bald keine Tannenbäume mehr!«

»Macht euch keine Gedanken, Kinder, wir haben doch erst September. Notfalls hole ich einen Baum aus dem Wald.«

»Osman, bis du dich endlich rührst, haben wir bestimmt Ostern!«, meckert meine Frau.

Mit Stolz erzähle ich allen meinen Arbeitskollegen in Halle 4:

»Jungs, stellt euch vor, ich feiere dieses Jahr Weihnachten!«

»Echt, Osman, machst du das wirklich?«

»Ja, ja, ich werde sogar einen echten Tannenbaum kaufen.«

Ich bin so aufgeregt, als würde ich keinen Tannenbaum, sondern einen Rolls-Roys-Transit kaufen.

Und schon haben wir den Salat … ich meine Weihnachten. An Heiligabend bin ich total aus dem Häuschen und völlig durcheinander. Stellt euch vor, zum ersten Mal seit 48 Jahren (zuzüglich neun Monate Schwangerschaft) feiere ich Weihnachten.

Zahlreiche Freunde sind gekommen, um mitzuerleben, wie wir Weihnachten feiern. Alle stehen Hand in Hand um den Tannenbaum herum. Da es im Türkischen für den Anlass kaum passende Lieder gibt, singen wir gemeinsam auf Deutsch:

»Ooo Tannenbaum, ooo Tannenbaum, wie schön sind deine Blääätteeeerr!«

Mein Freund Mohammed flüstert mir ins Ohr:

»Osman, bist du wahnsinnig geworden? Weißt du denn nicht, dass die Christen den Tannenbaum aufstellen, damit Jesus kommt? Was willst du machen, wenn er wirklich kommt? Ich schwöre dir, dieser Jesus ist so mächtig, der macht selbst dich zu einem Christen!«

Bei Allah, das hatte ich nicht gewusst!

Auf einmal bekomme ich fürchterliche Angst und stottere:

»Nicht doch! Auf der ganzen Welt warten Millionen auf ihn, wieso sollte er ausgerechnet zu uns kommen?«

Mohammed lacht hämisch über meine kindliche Naivität:

»Osman, natürlich kommt er zu dir. Was soll er denn bei einem Christen? Er kommt extra zu dir, um aus einem Moslem noch einen Christen zu machen.«

Ich weiß nicht, was ich machen soll?! Am liebsten würde ich den Tannenbaum sofort aus dem Fenster werfen. Aber das kann ich den Kindern nicht antun. Im Prinzip habe ich nichts gegen ein bisschen Integration, aber Christ will ich zurzeit noch nicht werden.

Mohammed spürt meine Furcht und hebt warnend den Zeigefinger:

»Osman, ich mische mich da nicht ein! Aber du hast Familie und Kinder, denk auch an sie!«

Daran denken tue ich schon. Aber den Tannenbaum wegschmeißen kann ich nicht, hier behalten auch nicht! Es ist so, als hätte ich einen Stock in der Hand, der an beiden Enden voll Mist ist… Ich weiß nicht, wie ich es anpacken soll?

…Und mir wird in dieser Sekunde mit Schrecken klar, dass mich nichts mehr retten kann. Mir schwinden die Sinne, ich sehe einen Schatten aus der Zimmerecke hervortreten.

Bei Allah, Mohammed hat Recht: Jesus ist da!

Er sieht genauso aus wie auf den Bildern von Oma Fischkopf. Erstaunlich, er hat sich überhaupt nicht verändert: ein Langhaariger mit Bart, der sich in ein Bettlaken eingehüllt hat. Trotz der kalten Jahreszeit läuft er mit Sandalen herum. Außerdem schleppt er noch ein paar alte Dachbalken auf dem Rücken mit sich.

Die Situation ist für mich völlig neu: Ob Sie es glauben oder nicht, ich hatte wirklich noch nie Jesus zu Besuch. Die Türken gelten zwar als ausgesprochen gastfreundlich, aber ich weiß überhaupt nicht, wie ich mich einem solchen Gast wie Jesus gegenüber verhalten soll?! Ich kann ihm doch keinen Tee anbieten oder Kuchen. Döner schon gar nicht! Hat er denn heute nichts Besseres zu tun, als ausgerechnet mich zu besuchen?!

Mit zitternder Stimme sage ich zu ihm:

»Lieber Herr Jesus, ich freue mich über ihren Besuch. Aber ich möchte heute kein Christ werden. Morgen vielleicht.«

Mein Gast hebt die Balken hoch und ruft:

»Das ist auch nicht nötig, mein Sohn Osi (woher weiß er meinen Spitznamen? Er ist wirklich ein Prophet!). Ich freue mich aber sehr, dass auch die Türken in Deutschland an meinem Geburtstag mitfeiern. Wir sind alle Gottes Kinder! Die Menschen sollten auch endlich lernen, ohne Kriege auszukommen!«

»Aber lieber Herr Jesus, an den vielen Kriegen bin ich wirklich nicht schuld!«

»Ich weiß, mein Sohn, ich weiß, aber ich will dich nicht länger mit meinen Sorgen behelligen. Kannst du mir bitte helfen, diese Balken durch das Treppenhaus hinunterzutragen? Dieser moderne soziale Wohnungsbau ist einfach nicht kreuzgerecht!«

Gerade will ich aufstehen, um meinem Gast zu helfen, da rüttelt jemand auch schon an meinen Schultern, und ich höre die Stimme meiner Frau:

»Osman, steh doch endlich auf, du Faulpelz! Der Wecker hat schon vor einer halben Stunde geklingelt! Du musst doch gleich zur Arbeit!«

Benommen richte ich mich auf und frage völlig verwirrt:

»Eminanim, was ist los? Wo ist Mohammed, wo ist Jesus?«

»Also, mir sind bis jetzt weder Mohammed noch Jesus über den Weg gelaufen. Ich sah grade nur, dass Moses die Weser zweigeteilt hat und nach drüben in die Neustadt gegangen ist, um einzukaufen!«

SIE WÜNSCHEN?

Weihnachtspremiere

Aller Anfang ist schwer! Und Übung macht den Meister!

Mit der Zeit werden wir garantiert irgendwann auch so gekonnt und professionell Weihnachten feiern können wie die Eingeborenen.

Mein Weihnachtsfest steckt leider noch etwas in den Kinderschuhen, stattdessen sollten doch in den Schuhen von meinen Kindern Geschenke stecken! Schließlich veranstalte ich das ganze Spektakel nur für sie.

Bei unserer allerersten Feier stellt sich heraus, dass wir noch erhebliche Anlaufschwierigkeiten haben. Es läuft leider noch nicht so rund, wie wir uns das alle gewünscht haben.

Und meine deutschen Freunde sind mir in dieser schweren Stunde keine große Hilfe. Mein Arbeitskollege Hans, der Staplerfahrer, hat gestern kopfschüttelnd gesagt:

»Osman, ich glaube, ganz dicht bist du nicht! Ich bin jedes Mal heilfroh, wenn ich den ganzen schwachsinnigen Rummel irgendwie hinter mir habe, und du willst dir den ganzen nervigen Kram freiwillig antun. Dass du etwas masochistisch veranlagt bist, habe ich ja schon geahnt, aber dass du bis zum Anschlag Masochist bist, ist mir völlig neu!«

Ich habe seinen destruktiven Tonfall einfach ignoriert und vor mich hin geschwärmt:

»Hans, ich beneide dich sehr! Mit der ganzen Familie zusammen zu feiern ist sicherlich absolut traumhaft schön, nicht wahr?«

»Ja, Osman. *Mit allen Tanten, Onkels, Brüdern, Schwestern, Schwippschwagern, Omas, Opas, Cousins und Cousinen, also mit der gesamten Verwandtschaft an Heiligabend romantisch Hand in Hand um den hübsch geschmückten Tannenbaum herumzustehen und gemeinsam Weihnachtslieder zu singen, ist das Schönste, was es überhaupt gibt! Jedes Jahr erfreue ich mich an den glücklichen Gesichtern der Kinder meiner Verwandten bei dieser Zeremonie, und ich werde am Ende genauso glücklich wie sie.* All diese wundervollen Sätze klebe ich jedes Mal zwei Monate vor Weihnachten an den Badezimmerspiegel. Und lese sie beim Zähneputzen täglich fünfzig Mal hintereinander laut vor. Aber nicht einmal mit dieser Selbsttherapie komme ich über den Heiligabend hinweg, geschweige denn über die ganzen Feiertage!«

»Hans, in Wirklichkeit hast du es ja doch gut! So viele Verwandte habe ich in Deutschland leider nicht. Ich wollte auf die Schnelle vor zwei Wochen Oma, Opa und Onkel Ömer zu uns einfliegen lassen, aber die bekamen von den deutschen Behörden kein Visum. Und mein Einwand, dass das sicherlich Omas letztes Weihnachten sein wird, überzeugte die Beamten auch nicht«, seufzte ich traurig im Pausenraum von Halle 4.

»Dann kann es ja unter Umständen vielleicht doch noch ein schönes Fest werden. Vorausgesetzt du schaffst es, Frau und Kinder irgendwie auch aus dem Haus zu vertreiben und mit einem Kasten Bier und dem Fernseher alleine zu bleiben.«

»Hans, ich wünsche mir für meine Weihnachtspremiere so richtig viel Schnee draußen. Ich will beim ersten Mal eine hübsche, weiße Weihnacht haben.«

»Das wünschen wir uns auch immer, Osman. Denn: Bei Schneefall in der Weihnachtsnacht wird oft die Tante umgebracht!«

Weihnachten ist der beste Beweis dafür, dass selbst die schönsten Sachen der Welt den Menschen zum Halse heraushängen können, wenn es sie im Überfluss gibt.

Ich weiß ja, dass mein lieber Freund Hans mir mit dem Fernseher und der Kiste Bier, aus seiner Sicht, nur das Allerbeste zu Weihnachten wünscht. Wie man sich zu Weihnachten traditionell ohnehin nur das Beste für seine Mitmenschen wünscht.

Deshalb rufe ich am Heiligabend betont liebevoll in die Runde:

»Also Familie, strengt euch jetzt mal ein bisschen an. Ab sofort müssen wir alle für drei Tage gute Menschen werden!«

»Papa, wie macht man das? Hast du das schon mal geschafft?«, fragt meine kleine Tochter Hatice.

»Jetzt sei mal ruhig, mein Töchterchen! Wir fassen uns alle an den Händen und singen laut und deutlich: ›So ein Tag, so wunderschöööön wie heuuteee ...‹«

»Vater, das ist das falsche Lied«, korrigiert mich mein Sohn Mehmet. »Wir feiern doch nicht in der Werder-Fänkurve den 3:1-Sieg gegen Bayern, sondern zu Hause mit der Familie unser allererstes Weihnachten! In Zukunft kannst du ja beides miteinander kombinieren, aber gleich am Anfang solltest du es nicht überstürzen.«

»Du hast ja Recht, mein Sohn. Ich wollte doch nur testen, ob ihr mit dem ganzen Herzen bei der Sache seid«, versuche ich die Situation zu retten und stimme sofort ein anderes Lied aus meinem reichhaltigen Weihnachtsrepertoire an:

»Heiiiligeeee Naaaacht, ruuuhigeeee Naaaaacht!«

»Nein, Vater, ich mach das nicht mit«, protestiert Mehmet erneut.

»Was ist denn los, mein Sohn? Hab ich schon wieder was Falsches gesungen?«

»Vater, du weißt ganz genau, dass ich ein gläubiger Atheist bin. Bei Liedern, die religiöse Elemente enthalten, enthalte ich einfach meine Stimme!«

»Mehmet, du Idiot… öhm… mein lieber Sohn, schau doch, selbst an so einem heiligen Tag bringst du mich fast aus der Fassung. Es ist doch nichts Religiöses dabei, wenn wir friedlich Hand in Hand gemeinsam singen: ›Oooo Tannenbaum, oooo Tannenbaum, wie grün sind deine Blääääätteeeeerr!‹«

»Papa, ich glaube, die haben dich reingelegt«, mischt sich wieder meine kleine Tochter Hatice ein, »unser Weihnachtsbaum hat doch gar keine Blätter!«

»Vater, also mir gefällt es auch nicht, was du hier für eine Schow für die Nachbarn abziehst! Die ganze Wohnung ist vollgestopft mit Plastikmüll aus China und Bergen von überflüssigem Geschenkpapier. Das sieht doch schrecklich aus. Und der Stromverbrauch für die ganzen Glühbirnen an der Außenfassade ist absolut verantwortungslos! An unserem Haus sind mehr Lampen als in ganz Las Vegas!«, moniert nun auch noch meine 18-jährige Tochter Nermin, die selbst ernannte Feministin.

»Aber Kinder, das mach ich doch alles nur für euch! Ich will doch nicht, dass ihr zurückstecken müsst!«

»Ja, deswegen musst du natürlich wieder völlig übertreiben! Und gleich die ganzen Baumärkte leer kaufen!«

»Du hast Recht, aber so bin ich nun mal! Ich starte immer gleich von 0 auf 100 wie der Franz-Josef, mein guter alter

Ford-Transit! Sogar viele Deutsche können sich heute eine Scheibe von uns abschneiden, die ja nur heiße Würstchen mit Kartoffelsalat auf dem Tisch stehen haben. Aber natürlich dürfen sie nichts von unserer knusprigen Weihnachtsgans abschneiden!«

»Osman, die Deutschen haben es an Weihnachten immer so schön gemütlich und besinnlich! Kannst du bei diesem ganzen Plastikkitsch hier etwas Besinnliches entdecken?«, meckert nun auch noch meine Frau Eminanim, obwohl sie mir genau damit jahrelang in den Ohren lag.

»Ach, Weihnachten ist doch nichts als billige Folklore, damit sich die Kapitalisten dumm und dämlich verdienen«, motzt schon wieder mein kommunistischer Sohn Mehmet.

»Mensch, das ist das Fest der Liebe!«

»Ja, der Liebe zum Geld!«

Ich versuche ihn einfach zu ignorieren und stecke mir genüsslich noch ein kleines Plätzchen vom Weihnachtsteller in den Mund:

»Mehmet, iss du doch auch was Süßes, mein Sohn, damit du auch süß redest!«, sage ich und wende mich an meine Frau:

»Eminanim, du kannst unser erstes, kleines Weihnachtsfest doch nicht gleich mit dem der Deutschen vergleichen. Das ist doch völlig unfair und ungerecht. Die Deutschen haben die Besinnlichkeit an Weihnachten einfach schon im Blut! Die müssen nicht solche Nikolausmützen mit Blinklichtern tragen wie wir. Die sind Profis, wir aber sind nur Amateure. Wir müssen uns noch ein bisschen anstrengen und bemühen! Weihnachten hat sich im Islam halt noch nicht richtig etabliert, aber wie du siehst, ich arbeite hart daran!«

Dann klatsche ich in die Hände und rufe aufmunternd:

»So, Leute, jetzt macht mal alle ein sehr zufriedenes, liebevolles, glückliches und besinnliches Weihnachtsgesicht, aber dalli!«

»Papa, ist das gut so?«, fragt Hatice und zieht die ganze Zeit eigenartige und alberne Grimassen.

»Hatice, ich hab gesagt, du sollst ein besinnliches Gesicht machen und nicht so dämlich gucken wie Tom und Jerry! Mehmet und Nermin, bitte wenigstens einmal lächeln, eurer Mutter zuliebe! Die Arme hat sich doch mit dem Essen so viel Mühe gegeben.«

»Osman, hör doch endlich auf, mit den Kindern zu schimpfen! Vielleicht habe ich von diesen Plastikmänikäns aus China nicht so viel Ahnung wie du. Aber eins weiß ich: An Heiligabend sollte man sich nicht mit seinen süßen, kleinen Kindern streiten. Also schäm dich! Pfui!«, ruft Eminanim böse.

»Mit mir darf man aber an Heiligabend schimpfen, oder wie?«, werde ich langsam auch sauer.

Bei Allah, wie soll ich es denn bitte schön jetzt schaffen, drei Tage lang meine Nächsten zu lieben, wenn die mir gleich am Anfang derart auf die Nerven gehen?! Mit dieser Familie wäre selbst Jesus ein fanatischer Weihnachtshasser geworden und hätte seine an sich ja gut gemeinte Erfindung sofort wieder zu den Akten gelegt. Aber ich bin ja Kummer gewöhnt. So schnell gebe ich nicht auf! Nicht, wenn ich so viel Geld ausgegeben habe.

Seit über dreißig Jahren lebe ich in diesem Land. Ich zahle meine Steuern so wie alle anderen auch. Und deshalb muss ich genauso wie alle anderen auch Weihnachten feiern. Eigentlich habe ich auch gar keine andere Wahl, wo mir doch letztens der Jesus im Schlaf erschienen ist und mich höchstpersönlich dazu aufgefordert hat.

Ich versuche meine Familie wieder neu zu motivieren:

»So, Kinder, seid endlich fröhlich! Es geht gleich los! Wenn ich diesen Schalter umlege, fängt Weihnachten sofort an.«

Mit einer bedeutungsvollen Geste, so als würde ich einen Ozeanriesen vom Stapel lassen, bringe ich unseren Tannenbaum zum Leuchten. Ich habe eine ganze Woche Urlaub genommen, um diesen Tannenbaum zu schmücken, der jetzt vor lauter Lametta, Kerzen, Zimtsternen, Äpfeln, Mandarinen, Watte, lustigen Figuren, Zwergen, Christbaumkugeln und vielen verschiedenfarbigen Glöckchen fast nicht mehr zu sehen ist. Hatice hat irgendwie Recht, wie soll man denn die Blätter sehen, wenn man nicht mal mehr den Baum sehen kann? Man sieht bestenfalls einen Berg Nadeln, die auf dem Boden liegen.

Und oben auf den Tannenbaum habe ich ein süßes großes Engelchen in einem weißen Plüschkleid geschraubt. Gleich neben dem Tannenbaum habe ich eine hübsche Holzkrippe aufgebaut. Alle sind dabei: Maria, Josef, das kleine Christkind, die Heiligen Drei Könige, Hühner, Pferde, Ziegen, Ochsen, Esel und jede Menge Hirten.

Gegenüber habe ich einen schicken, teuren Elektrokamin mit täuschend echtem Kaminfeuer installiert. Mit vielen Socken und Strümpfen drauf, in der Hoffnung, dass der Weihnachtsmann was reinsteckt, falls er natürlich nicht vorher wegen eines Stromschlags das Zeitliche segnet.

Für unsere kleine Hatice habe ich extra eine kleine Puppenstube gekauft, damit sie dem Christkind in der Krippe nicht gleich am ersten Tag sofort beide Beine und den Kopf abreißt.

Jeder von uns hat einen großen Weihnachtsteller vor sich stehen mit Vanillekipferln, Dominosteinen, Lebkuchenherzen, Makronen, Kokosflocken, Mandelplätzchen, Pfefferkuchen, Erdnüssen, Spekulatius, Weihnachtsstollen und Marzipanschweinen. Zwei Kartons Schoko-Nikoläuse habe ich im ganzen Zimmer verteilt. Und jede Menge teure, hübsche, bunt verpackte Weihnachtsgeschenke liegen unter dem Tannenbaum. Leise plätschert ein wunderschönes Weihnachtslied aus dem CD-Player, gefühlvoll gesungen von Roberto Blanco, der auf dem Cover ein fast genauso hübsches rotes Weihnachtskostüm trägt wie ich. Sogar eine handgeschnitzte Pyramide habe ich letzte Woche gekauft, die jetzt auf der Heizung steht und sich seit Tagen putzig vor sich hindreht. Genau wie der kleine ICE, der mit seinen zehn Waggons durch die ganze Wohnung streift und gemächlich durch herrliche Landschaften ununterbrochen seine romantischen Runden fährt.

Alle Fensterbretter und der gesamte Balkon sind voll mit künstlichem Schnee.

Auf der linken Seite vom Balkon habe ich aus Lichterketten einen riesigen Schlitten mit vier Rentieren und einem Weihnachtsmann obendrauf gebastelt. Die rechte Seite habe ich im Stil einer verschneiten Krippe in den Alpen dekoriert. Natürlich genau wie im Wohnzimmer mit der kompletten Mannschaft an Bord, obwohl die arme Maria, hochschwanger, wie sie ja war, es bis zu einer Berghütte in Südtirol nicht mehr geschafft hätte, wie wir alle wissen. Eigentlich wäre es doch wirklich sehr viel schöner gewesen, wenn das Christkind auf einem verträumten, verschneiten, weißen Berg in den Alpen geboren worden wäre statt in der staubigen, kargen arabischen Wüste. Ich meine, es hätte dadurch wenigstens einen triftigen Grund gegeben, warum sich die Menschen in der ganzen Welt so verbissen weiße Weihnachten wünschen.

Wie auch immer, das alles ist doch ein unglaublicher Fortschritt, wenn man bedenkt, dass ich noch vor ein paar Jahren panisch die Polizei angerufen habe, als ich einen Mann mit einem roten Bademantel und einem großen Sack auf dem Rücken vom Balkon unseres Nachbarn runterklettern sah. Das Bußgeld für diesen »Polizeischerz«, wie die Beamten es nannten, war mein allerserstes Weihnachtsgeschenk, das nicht von ganzem Herzen kam. Heute habe ich selber vier elektrische Weihnachtsmänner, die ständig die Fassade rauf- und runterklettern.

Sogar noch heute Morgen fragte mich meine kleine Tochter Hatice mit großen Augen aufgeregt, als sie mich bei den Weihnachtsvorbereitungen erwischte:

»Papa, warum kriege ich denn heute schon Geschenke? Ich habe doch erst in vier Monaten Geburtstag!«

»Hatice, mein Kind, heute hat doch der Herr Jesus Geburtstag!«

»Ist das ein Arbeitskollege von dir? Feiert er seinen Geburtstag bei uns?«

Wie gesagt, bei unserem ersten Weihnachtsfest sind wir alle noch ziemlich naiv und unerfahren.

Ich werde es mir auch nie verzeihen, dass ich in einem meiner schwachen Momente vor ein paar Tagen die Unwissenheit meiner Familie schamlos auszunutzen versuchte, um durch Weihnachten nicht völlig Bankrott zu gehen. Zur meiner Schande habe ich wortwörtlich gesagt:

»Eminanim, mein Arbeitskollege Hans und seine Familie sind waschechte und hundertprozentige Deutsche, wie du weißt. Und die haben abgemacht, sich in diesem Jahr gegenseitig absolut nichts zu schenken. Lass uns dieses Weihnachten doch das Gleiche tun!«

»Osman, was faselst du denn von ›dieses Weihnachten‹? Das ist sowieso unser allererstes Weihnachten überhaupt, und schon lässt du wieder deinen berühmten Geizkragen raushängen! Mein Gott, es ist wirklich peinlich mit dir!«

Danach fragte ich sie:

»Eminanim, würdest du Geld als Weihnachtsgeschenk annehmen oder es als sehr phantasielos empfinden?«

»Kommt drauf an wie viel!«

Nun gut, ich gebe es unumwunden zu, sie hatte völlig Recht, als sie mit mir schimpfte. Und jetzt hat sie erneut Recht, als sie moniert:

»Osman, mit unserem Weihnachtsfest stimmt irgendwas nicht! Das Weihnachtsgefühl will sich einfach nicht einstellen! Die Besinnlichkeit fehlt!«

»Ich weiß, Eminanim, aber ich bin mit meinem Latein auch am Ende! Wie du siehst, haben wir uns wirklich sehr viel Mühe gegeben. Die ganze Wohnung riecht doch nach Zimt und Glühwein, den ich selbst gebraut habe, und nach der tollen Weihnachtsgans, die du so schön mit viel Liebe gefüllt und in den Ofen geschoben hast. Selbst mein Händy klingelt, wie du eben gehört hast, mit dem hübschen Lied ›Süßer die Glocken nie klingen‹! Also ich hab mir wirklich nichts vorzuwerfen, ich hab das ganze Weihnachten für meine Familie bis ins kleinste Detail organisiert. Sogar an meine Verwandten im Osten habe ich ein ordentliches Weihnachtspaket voll mit Schokolade, Bananen, Filterkaffee, mehreren Konservendosen und Rosinenstollen geschickt.«

»Osman, seit wann haben wir denn Ostverwandtschaft?«

»Eminanim, die Türkei liegt doch auch östlich von Bremen. Also, ich habe alles Menschenmögliche getan! Aber anscheinend ist Weihnachten nicht für uns gemacht! Vielleicht liegt es ja auch daran, dass wir keine weiße Weihnacht haben oder vorher nicht in der Kirche waren, wie sich das normalerweise gehört.«

»Vielleicht sollte ich eine Runde Bauchtanz hinlegen. Ohne Bauchtanz kommt bei mir nie das Gefühl auf, dass ich feiere!«

»Bauchtanz ist nicht ganz passend, glaube ich. Vielmehr sollten wir lieber hübsche Gedichte aufsagen. Mehmet frage ich gar nicht danach, weil ich jetzt überhaupt keine Lust auf kommunistische Propaganda habe. Aber Nermin könnte doch vielleicht ein nettes Gedichtchen aufsagen.«

Nermin räuspert sich ein paar Mal und ruft theatralisch:

»Mein lieber Herr Jesuss,
Wie immer zum Jahresabschluss,
Stehe ich mit Vater auf Kriegsfuss,
Wegen dem ganzen elektrischen Stuss,
Bitte schenk uns einen schönen Kurzschluss!«

»Ich finde das nicht wirklich besinnlich genug«, sage ich. »Hatice, meine süße, kleine Tochter, hast du nicht was Besseres auf Lager?«

Hatice klettert auf einen Stuhl und brüllt:

»Ooo Tannenbaum, ooo Tannenbaum,
Die Oma hängt am Gartenzaun,
Der Opa ruft die Polizei,
Die Polizei kommt nackedei!«

»Eminanim, ich muss schon sagen, wir haben damals als Kinder viel schönere Gedichte in der Schule gelernt. Kannst du nicht bitte ein Gedicht aufsagen?«

»Osman, schau dir doch das Acht-Gänge-Menü auf dem Tisch an. Reicht dir das als Gedicht nicht aus?«

In dem Moment klingelt es an der Wohnungstür. Natürlich

wieder eine gute Gelegenheit für Mehmet, um sofort loszuhöhnen:

»Prima! Leute, jetzt bekommen wir doch noch ein schickes, besinnliches Weihnachten. Klingeling, der Weihnachtsmann ist da!«

»Red doch keinen Blödsinn«, schimpfe ich mit Mehmet, »rate mal, warum ich den Elektrokamin gekauft habe?«

»Wofür denn, damit sich der 1-Euro-Jobber, dein Hartz-IV-Weihnachtsmann, etwas aufwärmen kann?«

»Weil der Herr Santa Klaus immer durch den Schornstein kommt! Wenn er denn überhaupt jemandem die Ehre gibt. Wir alle wünschen und hoffen natürlich sehr, ihn in unserer bescheidenen Hütte begrüßen zu dürfen. Aber mit deinen dummen Sprüchen vertreibst du nicht nur den Nikolaus, sondern sogar den Knecht Ruprecht! Ich hab vollstes Verständnis, wenn die nicht kommen, wo du doch anstatt ›O du Fröhliche‹ ›Hoch die internationale Solidarität‹ singst!«

»Papa, jetzt streitet euch doch bitte nicht! Das ist bestimmt Imke, meine Freundin«, ruft Hatice, »die feiert unten mit ihrer Familie Opa Prizibilskys Geburtstag. Ich hab sie angerufen, damit sie uns zeigt, wie ein richtiges Weihnachten funktioniert.«

Ein paar Sekunden später steht die kleine Imke mit ihren roten Backen und ihrer rosa Jacke in unserem Wohnzimmer und schaut sich völlig irritiert und verwundert im gesamten Zimmer um. Und bekommt dann diese großen, strahlenden Kinderaugen, so wie die Kinder in amerikanischen Weihnachtsfilmen, wenn sie plötzlich dem leibhaftigen Weihnachtsmann und vielen Geschenken gegenüberstehen. Der dann zu allem Überfluss auch noch die vor vielen Jahren verloren gegangenen Eltern im Schlepptau hat. Aber Imke hat nicht nur ihre

Eltern und ihren Opa im Schlepptau, sondern ihre gesamte Verwandtschaft. Mindestens dreißig Leute stehen plötzlich in unserer Weihnachtsstube.

»Waau! Ist ja voll irre! Ihr feiert echt voll das geile Weihnachten! Echt klasse!«, ruft die kleine Imke begeistert.

Und Opa Prizibilsky stehen die Tränen in den Augen:

»Herr Engin, wir wollten Ihnen ein frohes Fest wünschen! Zur meiner Zeit haben wir das unter Nachbarn immer so gemacht. Frau Engin, heute bin ich ja 90 Jahre alt geworden, wie Sie wissen. Aber eine so schön dekorierte Weihnachtsstube und ein so fröhliches Weihnachtsfest wie bei Ihnen hat es bei uns zu Hause noch nie gegeben. Mein Gott, bei euch ist alles so unglaublich weihnachtlich und so richtig besinnlich!« Dann dreht er sich um und fragt seine Gefolgschaft: »Na, Kinder, wollen wir Weihnachten dieses Jahr alle zusammen hier bei den Engins feiern?«

Alle jubeln und klatschen zustimmend Beifall. Selbst meine Kinder zeigen endlich Begeisterung.

Vor lauter Freude höre ich plötzlich die Weihnachtsglocken bimmeln!

»Eminanim, die erste Generalprobe scheint ja doch noch geglückt zu sein«, rufe ich aufgeregt und ziemlich erschöpft, »wenn wir heute, am Tag der Deutschen Einheit, schon so gut Weihnachten feiern können, am 24. Dezember, an Heiligabend, können wir es dann bestimmt noch viel besser!«

TIL
DIE MEISTEN MEINER KUNDEN SIND ATHEISTEN
Event-Kränze

Weihnachtsessen mit dem Meister

Als mein Meister Viehtreiber die gesamte ausländische Belegschaft von der Frühschicht zum Weihnachtsessen in ein teures türkisches Restaurant einlud, waren wir alle positiv überrascht, ja sogar positiv schockiert.

Die Firmenleitung hat uns nämlich in diesem Jahr das gesamte Weihnachtsgeld gestrichen und die Überstundenzulage weggenommen. Und wie ich die Brüder kenne, werden sie noch während des gemeinsamen Essens weitere Sparmaßnahmen ankündigen. Deshalb habe ich mir vorgenommen, heute Abend alles besonders gründlich zu kauen und sofort runterzuschlucken, damit man mir das nicht wieder wegnehmen kann.

Und so sitzen wir nun alle, ungefähr zwanzig Personen, an diesem langen Tisch, den man extra für uns zusammengestellt hat.

Meister Viehtreiber nimmt selbstverständlich am Kopfende Platz und ruft:

»Nun haut rein, Jungs! Ihr sollt ja schließlich auch nicht leben wie 'n Hund.«

Alle lachen. Dafür ist bei uns im Tarifvertrag schriftlich vorgesorgt: Wenn ein Meister versucht, einen Witz zu machen, haben alle Arbeitnehmer zu lachen.

Am meisten freue ich mich, dass heute meine Frau nicht dabei ist. Zu Hause versucht sie, mir beim Essen mit ihren überflüssigen Kommentaren ständig den Appetit zu verderben.

»Friss nicht so viel, Osman! Und iss nicht so hastig! Denk an dein Cholesterin, an deinen Zuckerspiegel und an dein Übergewicht.« Also, ich zähle Ihnen nur diese drei Bemerkungen auf; alles aufzuzählen, was sie mir ständig vorhält, würde nicht nur mir den Appetit verderben.

Die Kollegen sind unglaublich begeistert, endlich mal von der Firmenleitung was spendiert zu bekommen, und hauen deshalb richtig rein:

Kalte und warme Vorspeisen, viele verschiedene Gemüse, Döner, Köfte, Kebap, Steak, Fisch, Teiggerichte und dazu alle möglichen Salate. Die teuersten Getränke und die farbenprächtigsten Desserts.

Ich bestelle die Hauptgerichte von Nummer 32 bis 39. Und danach von 40 bis 47. Wann wird man denn schon von der Firma eingeladen?!

Kollege Hasan zeigt mit vollem Mund auf den Meister und fragt mich:

»Isst er Schwein?«

»Du bist selber Schwein«, rufe ich empört, »der arme Mann gibt dir Arbeit und ernährt dich, und als Dank beschimpfst du ihn auch noch!«

»Osman, ich wollte doch nur wissen, ob er Schwein oder Rind isst.«

Nach drei Stunden sind wir so voll, dass wir uns kaum noch bewegen können. Ein Glück, dass wir eine Männergruppe sind. Alle haben nicht nur die Gürtel und die Knöpfe an ihren Hosen aufgemacht, sondern dazu auch noch die Reißverschlüsse. Ich hab meine Hose gleich bis zu den Knien runtergezogen. Immer wenn ich zum Essen eingeladen werde, ziehe ich meine bequeme, schlabberige Pyjamahose darunter.

Obwohl ich so viel gegessen habe wie im gesamten letzten Jahr zusammen, ist trotzdem noch unglaublich viel Fleisch, Fisch und Gemüse übrig geblieben.

Zwischen zwei Trinksprüchen ruft Meister Viehtreiber nach dem Kellner:

»Herr Ober, können Sie das, was auf meinem Teller liegt, für meinen Hund einpacken, das wäre prima. Danke.«

Das ist eine phantastische Idee! Leider nicht für mich!

Jeder weiß, dass ich Hunde wie die Pest hasse. Und die Reste für meine Tochter Hatice einpacken zu lassen, wäre nicht besonders galant.

Aber warum soll ich eigentlich die Reste einpacken lassen?

Ich bestelle wieder die komplette Hauptspeisenserie von 32 bis 47 und dazu die farbenprächtigsten Nachspeisen.

»Meine Frau ist so neugierig«, rufe ich in die Runde, »sie will immer ganz genau wissen, was ich ohne sie gegessen habe. Das ist alles für sie.«

Meister Viehtreiber ruft:

»Das hat gut geschmeckt, Jungs. Herr Ober, die Rechnung bitte.«

Oh Mann, da habe ich aber Glück gehabt. In letzter Sekunde, gewissermaßen kurz vor Torschluss, habe ich noch meine Bestellung abgeben können. Ein Tor in der 90. Minute sozusagen.

»Ja Kollegen, ich danke euch, dass ihr alle da wart. Es war richtig schön, mit euch gemeinsam zu essen«, ruft unser großzügiger Meister in die Runde.

»Aber klar doch«, schmatze ich, »ich hab extra drei Tage lang gehungert.«

Alle lachen. Ich habe es eigentlich ernst gemeint.

»Das Essen war türkisch und hat mir sehr gut geschmeckt«, sagt er.

»Meister, von mir aus können wir das öfters wiederholen«, rufe ich.

»Aber die Bezahlung ist selbstverständlich deutsch«, vollendet er seinen Satz, bezahlt seinen kleinen Döner mit Reis und die drei Bier. Dann klemmt er sein restliches Essen unter den Arm und verlässt unter den schockierten Blicken der Kollegen das Lokal.

Ich versuche mit einem der zahlreichen Kebapspieße, die vor mir liegen, Harakiri zu machen. Aber die erfahrenen Kellner erlauben es mir nicht, zu sterben, bevor ich alles bezahlt habe.

TIL
GEHT DAS SCHON WIEDER LOS ?!!

Staplerfahrer Hans, mein Erlöser

Das war ja klar! Wenn man denen den kleinen Finger reicht, reißen sie einem gleich den ganzen Arm aus. Jetzt wollen Eminanim und die Kinder natürlich jedes Jahr Weihnachten haben. Diese sentimentale Bande nötigt mich nicht nur, unter einem Tannenbaum Händchen zu halten und alberne Kinderlieder zu singen, nein, was noch viel tragischer ist, ich muss auch noch teure Geschenke für alle kaufen.

Letztes Jahr habe ich noch gehofft, dass mein Landsmann, der Herr Klaus, die Geschenke für meine gierige Familie bringen würde. Dieser Herr Santa Klaus, hier in Deutschland auch unter seinem Künstlernamen »Weihnachtsmann« bestens bekannt, kommt wie ich aus Anatolien. Aber die ganzen Schuhe, Teller, Schüsseln, Bottiche und Wäschekörbe, die ich vor die Wohnungstür gestellt habe, um auch ein paar tolle Geschenke abzustauben, sind leider alle leer geblieben. Mein Landsmann aus Myra hat mich womöglich schon vergessen, schließlich haben wir uns seit 1700 Jahren nicht gesehen. Wie sagt man so schön: Aus den Augen, aus dem Sinn! Erschwerend kommt hinzu, dass er Schwierigkeiten hat mit seinem Schlitten bei uns im Karnickelweg 7b vorbeizurutschen, weil wir an Weihnachten nie Schnee vor der Tür haben.

»Osman, ich möchte in diesem Jahr zu Weihnachten endlich mal ein paar besinnliche Tage erleben und in Ruhe in mich gehen«, sagt meine Frau.

»Tolle Idee, Eminanim! Da komme ich doch gleich mit«, rufe ich.

»Und wehe, du kaufst wieder so einen billigen Tannenbaum wie letztes Jahr. Das Mistding hat ja nur genadelt«, ermahnt sie mich.

Wie immer, wenn ich völlig verzweifelt bin und nicht mehr weiter weiß, gehe ich in der Mittagspause in Halle 4 zu meinem Kumpel Hans.

»Du jämmerlicher Anfänger«, lacht er mich aus. »Osman, ich muss schon sagen, eigentlich hast du nichts Besseres verdient, als dass man dich wie eine Weihnachtsgans ausnimmt. Wie kann man sich bloß so blöd anstellen? Aber als Kumpel und Arbeitskollege will ich dir trotzdem ein paar sehr nützliche Inseidertipps geben, was Weihnachtsgeschenke betrifft.«

Nachdem ich endlich die volle Bedeutung des Festes der Nächstenliebe erkannt habe, finde ich es regelrecht schade, dass nicht jede Woche Weihnachten ist. Wenigstens einmal im Monat sollte Weihnachten schon sein!

In bester Laune und völlig erleichtert verabschiede ich mich von Hans und gehe nach der Frühschicht sofort Geschenke kaufen.

An Heiligabend bin ich wegen der Bescherung und wegen meiner tollen Geschenke schrecklich aufgeregt.

Mein Sohn Mehmet bekommt von mir vier neue Winterreifen für unseren Ford-Transit. Meine kleine Tochter Hatice wird von mir mit schönen, warmen Männerpantoffeln in der Größe 42 beschenkt. Und meine Frau Eminanim mache ich mit einer Fußball-Jahreskarte für Werder Bremen glücklich.

Und der riesengroße Gummibaum, den uns meine Schwiegermutter vor 18 Jahren geschenkt hat, der nadelt kein bisschen, egal wie viele bunte Kugeln und Weihnachtssterne ich da dranhänge.

Dank der wunderschönen Geschenke bekommen alle meine Familienmitglieder feuchte Augen und kriegen den Mund nicht mehr zu.

Weihnachtsdieb

Mitten in der Nacht werde ich durch seltsame Geräusche im Wohnzimmer aufgeweckt. Dass mein unmöglicher Sohn Mehmet jede Nacht meinen Schlaf stört, finde ich einfach unerträglich. Seit Jahren versucht er der ganzen Familie seinen Lebensrhythmus aufzuzwingen: kurz vor Sonnenaufgang ins Bett gehen, um 12 Uhr mittags frühstücken, während wir beim Abendessen sind, mit uns zu Mittag essen und sich dann die ganze Nacht mit irgendwelchen Frauen rumtreiben. Mich könnte er unter Umständen vielleicht doch noch zu seiner Lebensweise überreden, aber meine Frau Eminanim und mein Meister Viehtreiber würden mir dann was erzählen. Seltsamerweise erzählt niemand Mehmet irgendwas. Und was ich ihm sage, geht bei ihm zum einen Ohr rein und zum anderen wieder raus.

Plötzlich springe ich wie von der Tarantel gestochen hoch und stehe senkrecht im Bett. Mehmet war immer laut, aber so laut, dass ich ihn aus 7000 Kilometer Entfernung hören kann, das bringt nicht mal er fertig. Er ist nämlich zurzeit in Kuba und besucht Fidel Castro. Die beiden letzten Kommunisten der Welt haben sich bestimmt viel zu sagen. Und nur um mich wie jede Nacht kurz vor Sonnenaufgang zu stören, würde er sich nicht die Mühe machen, extra hierher zurückzufliegen.

Kurz entschlossen stürze ich in meinem blau-weiß gestreiften Pyjama ins Wohnzimmer und ertappe den Dieb auf frischer Tat. Frischer geht's nun wirklich nicht mehr. Als ich das Licht anknipse, versucht er gerade den Sack zuzumachen.

»Halt, lassen Sie alles liegen, sonst schieß ich«, brülle ich.

Ehrlich gesagt, ich weiß nicht, womit ich schießen soll, aber das hört sich irgendwie klasse an. Ich hätte Hatice doch erlauben sollen, für den Silvesterabend ein paar Knaller zu kaufen, die hätte ich jetzt gut gebrauchen können.

»Du verdammter Einbrecher, hast du nicht gehört, gib alles wieder zurück, sonst reiße ich dir alle deine verfilzten Barthaare einzeln raus!«, rufe ich und drücke den Kerl, so fest, wie ich kann, gegen die Schrankwand. Der Verbrecher ist über seine Festnahme so geschockt, dass er mich mit großen Augen anstarrt und keinen Ton herausbekommt. An seiner Stelle brüllt meine kleine Tochter Hatice und tritt mir gegen das Schienbein:

»Papa, lass ihn sofort los!«

»Hatice, wo kommst du denn her? Um diese Uhrzeit solltest du eigentlich schlafen. Auaa, mein Arm! Nicht beißen, bist du bescheuert?«

»Papa, bist du blind, oder was? Lass ihn sofort los, oder ich beiß noch mal!«

»Hatice, siehst du nicht den riesigen Sack, den der Einbrecher mitgebracht hat?«

»Papa, das ist der Weihnachtsmann!«

»Du bist noch am Träumen, wach endlich auf, der Kerl wollte uns ausrauben.«

»Papa, schau ihn dir doch an. Er hat einen weißen Bart, einen roten Mantel und einen großen Sack voll mit Geschenken für mich.«

»Herr Engin, das stimmt wirklich, ich bin der Weihnachtsmann«, meldet sich zaghaft der Dieb zu Wort.

»Und ich bin das Christkind«, sage ich.

»Papa, glaubst du mir endlich«, ruft Hatice erleichtert.

»Mein Kind, so was kann doch jeder behaupten. In Wirklichkeit gibt's den Weihnachtsmann doch gar nicht.«

»Du Lügner! Du hast mir doch erst vorhin vor dem Schlafengehen erzählt, dass mir der Weihnachtsmann heute Nacht ganz viele Geschenke bringen wird. Ich soll nur brav einschlafen.«

»Mein Gott, Hatice, das ist ganz normal, alle Eltern belügen … ich meine, alle Eltern erzählen ihren Kindern, dass der Weihnachtsmann die Geschenke bringt, aber das stimmt überhaupt nicht. Ich muss die ganzen teuren Geschenke immer selber bezahlen. Es gibt keinen Weihnachtsmann!«

»Papa, da steht er doch! Du erwürgst ihn gerade«, kreischt sie und zeigt auf den Dieb.

»Eminanim, gut, dass du endlich wach bist, sag du auch mal was«, bitte ich meine Frau flehend um Hilfe. Ich hätte nie gedacht, dass ich den Beistand vom ungläubigen Mehmet jemals so sehr brauchen würde. Aber wer weiß, nur um mich fertig zu machen, würde er sicherlich behaupten, der Kerl hier sei die Wiedergeburt des vor 1700 Jahren verstorbenen Bischof Nikolaus aus Myra.

»Osman, ich weiß nicht«, fällt mir auch meine Frau in den Rücken.

»Was heißt hier: Ich weiß nicht?«, flippe ich aus. »Ich hab den Mistkerl mitten in der Nacht erwischt, wie er uns ausgeraubt hat. Wenn er der Weihnachtsmann wäre, müsste er durch den Kamin kommen. Wir haben keinen Kamin, wir haben Zentralheizung!«

»Pfui, schäm dich, Papa, der Weihnachtsmann raubt keine Menschen aus! Er hatte Geschenke für mich mitgebracht. Aber jetzt geht er bestimmt weg, ohne mir was zu geben.«

»Hier geht niemand weg, den Schlüssel hab ich! Und vergiss das blöde Kindermärchen mit dem weißbärtigen Mann und dem Schlitten auf dem Dach endlich. Und der Bart hier ist garantiert auch nicht echt«, sage ich und ziehe dran.

»Auaa, Herr Engin, Sie tun mir weh!«

»Ja, gut, der Bart ist echt, aber alle Penner am Bahnhof haben einen langen Bart. Dieser Kerl hier ist dazu auch noch ein Dieb, und ich ruf jetzt die Polizei an.«

»Und ich ruf das Jugendamt an«, sagt Hatice trotzig, »mit solchen Barbaren hier, die den Weihnachtsmann verprügeln und ins Gefängnis stecken wollen, will ich nichts zu tun haben.«

»Eminanim, sag du endlich auch mal was. Dein Kind tauscht hier gerade seine Eltern gegen einen Kriminellen ein.«

»Sie wird wohl ihre Gründe haben. Aber ich weiß nicht, Osman, soweit ich es überblicken kann, hat der Mensch nichts geklaut. Lass ihn doch endlich los, du brichst dem armen Kerl ja seinen Arm.«

»Gut, wie ihr wollt, ich lasse ihn los. So, jetzt will ich wissen, was in dem Sack drinsteckt, bestimmt alles unsere Sachen.«

»Herr Engin, es tut mir Leid, aber ich darf Ihnen den Inhalt des Sackes nicht zeigen. Niemand auf der Welt darf in den Sack hineinschauen. Dann geht der ganze Zauber verloren, und kein Kind auf der gesamten Welt würde jemals wieder zu Weihnachten Geschenke bekommen. Das wollen Sie den armen Kindern doch nicht antun, oder?«

»Da hörst du es, Osman. Er darf es uns doch gar nicht zeigen.«

»Ich drehe gleich durch! Hältst du jetzt auch zu dem Dieb, oder was?«, brülle ich.

»Aber Osman, du kannst Hatice doch in ihrem zarten Alter keine so große Enttäuschung zufügen. Es wäre das Gleiche, wie wenn sie erfahren würde, dass du nicht ihr leiblicher Vater bist.«

»Das wäre mir egal«, ruft Hatice, »damit könnte ich eher leben. Hauptsache, er lässt endlich den lieben Weihnachtsmann in Ruhe!«

»Hatice, so frech und ungezogen, wie du bist, würde der Weihnachtsmann dich sowieso nie besuchen. Höchstens der Knecht Ruprecht!«

»Osman, du bist doch völlig unfähig, das zu beurteilen!«

»Was wollt ihr denn von mir? Ich hab einen Dieb auf frischer Tat ertappt, soll ich ihn etwa laufen lassen, nur weil der Penner einen langen Bart hat?«

»Schau dich doch mal um, Osman, es fehlt nun wirklich nichts. Im Gegenteil, wie kommt das Paket da unter den Tannenbaum?«

»Das ist von mir«, flüstert der Einbrecher ganz schüchtern. »Wenn Ihr Mann mich nicht die ganze Zeit an die Wand pressen würde, dann könnte ich auch für Ihre kleine Tochter Hatice ein paar Geschenke unter den Tannenbaum legen.«

»Da siehst du es, Papa«, schluchzt Hatice und fängt fürchterlich an zu weinen, »du hast alles vermasselt! Du bist zu geizig, um mir selber Geschenke zu kaufen, und den Weihnachtsmann, der viele schöne Geschenke für mich hat, den verprügelst du auch noch!«

Der Verbrecher holt daraufhin ein Päckchen aus seinem Sack heraus:

»So, das ist für dich, Kleines.«

Hatice reißt das Paket sofort auseinander und guckt irritiert:

»Parfüm? Für mich?«, wundert sie sich.

»Ach, nein, das war für deine Mutter. Das hier ist dein Geschenk.«

»Osman, lass den Weihnachtsmann endlich gehen«, ruft meine Frau und macht die Haustür auf, während sie an der Parfümflasche schnüffelt.

»Ich will erst wissen, was in dem Sack drin ist«, wehre ich mich gegen meine Familie, die sich sogar mit allen Verbrechern, Dieben und Mördern solidarisiert, aber nie mit ihrem Ernährer.

»Herr Engin, verstehen Sie es doch endlich, dann ist der ganze Zauber weg«, sagt der Langbärtige sanft, während er sich von der tränenüberströmten Hatice verabschiedet. »Wenn ich Sie in den Sack hineinschauen lasse, dann würde kein Kind je wieder Geschenke bekommen, das wollen Sie doch auch nicht.«

Weihnachtsbaumschmuck

Meine kleine Tochter Hatice bastelt seit Tagen eifrig Weihnachtsbaumschmuck.

Sie zeichnet, malt, schneidet, klebt und nimmt dabei die ganze Wohnung in Beschlag. Sie hat alle verfügbaren Zettel im Haus eingesammelt, um mit ihren Buntstiften darauf rumzukritzeln. Alles ist voll mit Sternen und Engelchen und was sonst noch alles zu Weihnachten dazugehört. Sie hat schon so viel produziert, dass man damit problemlos den größten Tannenbaum der Welt in New York voll kriegen könnte.

Aber bevor Sie, lieber Leser, naiv wie Sie sind, weil Sie ja Hatice nicht so gut kennen wie ich, in »Ach!«s und in »Och!«s und in »Wie Süß!«s ausbrechen, sage ich Ihnen, dass dieses freche Küken dieses ganze Weihnachtsei nicht deshalb so fleißig ausbrütet, um etwa damit unseren Tannenbaum zu schmücken, sondern um mir ein richtig schlechtes Gewissen zu bereiten. Denn ich habe in diesem Jahr noch keinen Tannenbaum gekauft!

Mit der ganzen Aktion will Hatice also nichts anderes sagen als:

»Los, Papa, geh endlich los und kauf Weihnachtsgeschenke für mich, du Geizhals!«

Intelligent, wie sie ist, stellt sie ihre Forderung natürlich über fünf Ecken. Sie stopft die ganze Wohnung mit selbstgebasteltem Weihnachtsschmuck voll, und deutet damit ganz dezent an, dass es endlich Zeit wird, dass ich einen Tannenbaum ranschaffe, und zwar einen ziemlich großen, damit all ihre wundervollen Kunstwerke darauf Platz haben. Bei so viel Schmuck müsste ich sogar zehn Bäume holen!

Und wenn man den Gedanken zu Ende führt, was ist der Sinn von jedem hübsch geschmückten Tannenbaum? Nein, nicht etwa Hand in Hand um den Baum herumzustehen und fröhliche Lieder zu singen, das ist doch Hatice völlig egal! Sondern an Heiligabend möglichst viele Geschenke darunter zu stellen! Und zwar viele teure, schöne, große Geschenke, die doch nur für das kleinste und niedlichste Kind der Familie gedacht sind! Jetzt dürfen Sie drei Mal raten, wer in unserer Familie das kleinste und niedlichste Kind ist? Nein, das bin nicht ich, sondern Hatice! Sie ist jedenfalls dieser Meinung.

Das war ja auch nicht anders zu erwarten von einem Kind, das sogar versucht, den Weihnachtsmann unter moralischen Druck zu setzen, indem es ihm schon im Spätsommer herzzerreißende Briefe schreibt, sich selbst zur Vollwaise und ihre armen, liebevollen Eltern für brutal und tot erklärt. Die aus Hatices Sicht natürlich alles andere als liebevoll waren, weil sie ihr nie Geschenke gemacht haben.

Selbst ihren Bruder Mehmet brachte sie erst letztens völlig durcheinander, als sie mit in die Hüften gestemmten Fäusten mitten in seinem Zimmer stand und im Tonfall von ihrer Mutter rief:

»Mehmet, das reicht mir langsam mit dir! Wie sieht es denn in diesem Saustall hier aus? Ich habe keine Lust, dir ständig hinterherzuputzen und deine dreckigen Klamotten zu waschen! Ich bin nicht dein Zimmermädchen! Und das hier ist kein ›Hotel Mama‹, ist das klar?!«

Meine Frau Eminanim war genauso sprachlos wie Mehmet. Hatice nicht! Sie schimpfte munter weiter. Eminanim deutete die unerwartete Schoweinlage von dem kleinen Giftzwerg als einen ziemlich gut gelungenen, aber schon einigermaßen durchschaubaren Versuch, bei ihrer Mutter gut Wetter zu machen, um möglichst viele Weihnachtsgeschenke abzustauben. Dabei hat sie als Opfer den Mehmet ausgeguckt, weil sie von ihrem Bruder zu Weihnachten erfahrungsgemäß sowieso nichts zu erwarten hat.

Mehmet sagte, die kleine Hexe versuche nur, ihn schleunigst aus dem Haus zu vertreiben, weil sie schon seit einiger Zeit auf sein größeres Zimmer scharf sei. Aber das sei nichts Neues für ihn, denn jeder in der Familie versuche auf seine Art, ihn irgendwie rauszuekeln, und dabei schaute er mir merkwürdig direkt in die Augen.

Bevor die kleine Hatice ihre Giftpfeile auch auf mich richtet und ihrer Mutter empfiehlt, sich im neuen Jahr gleich auch einen neuen Mann zu suchen, gehe ich lieber freiwillig sofort zum Markt und suche einen möglichst schönen und großen Tannenbaum für sie aus.

Nach zwei Stunden komme ich keuchend und schwitzend mit einer großen, schicken Nordmanntanne auf dem Rücken zurück. Total erschöpft werfe ich sie im Flur auf den Boden und mich sofort danach auf die Couch.

»Das war's«, rufe ich, »ich hab meinen Teil für das diesjährige Weihnachtsfest schon erledigt! Ihr habt euren Baum, ich hab meine Ruhe!«

»Osman, ich hör wohl nicht richtig! Du glaubst, nur weil du einen Tannenbaum gekauft hast, wäre jetzt alles in Ordnung?«, ruft meine Frau ungläubig aus der Küche.

»Klar! Hatice wollte einen Tannenbaum haben, damit sie

ihren Weihnachtsschmuck endlich aufhängen kann. Da liegt der Baum, schmücken könnt ihr ihn ja wohl alleine.«

»Osman, du bist aber naiv! Du hast dir wohl nie näher angeschaut, was Hatice da seit Wochen wie ein Weltmeister malt und bastelt?«

Bei Allah, ich darf mich nicht mal zwei Minuten ausruhen! Nicht mal zu Weihnachten!

Ich stehe wieder auf und gehe ins Wohnzimmer, weil meine Frau mich doch ziemlich neugierig gemacht hat. Jetzt will ich's genau wissen!

»Hatice, mein Kind, was malst du denn hier die ganze Zeit so Schönes? Du willst doch mit all diesen Dingern unseren Weihnachtsbaum schmücken, nicht wahr? Ich hab ihn auch gerade für dich gekauft!«

»Papa, was erzählst du denn da für einen Unsinn? Das soll Weihnachtsschmuck sein? Nicht, dass ich wüsste!«

»Aber was willst du denn sonst mit so vielen süßen Engelchen, Sternen und Christkindlein machen?! Und mit diesem Pralinenkasten? Und das hier ist wohl eine Krippe, nicht wahr?«

»Papa, ich hab doch mit impressionistischer Malerei nichts am Hut! Ich bin mehr für das Abstrakte – ich bin doch kein Bübie mehr! Ich bevorzuge klare Linien und natürlich auch klare Verhältnisse! Zum Beispiel: Das hier ist kein Engelchen, sondern Barbie! Und auf diesem Schild hier steht nicht ihr Alter, sondern ihr Preis. Und das hier ist kein Christkind, sondern Ken. Das ist kein Pralinenkasten, wie du es nennst, sondern ein MP3-Pläya. Das ist auf keinen Fall eine Weihnachtskrippe, sondern eine komplette Puppenstube! Und das hier, was du einen Stern nennst, ist die neueste Version des Computerspiels ›Krieg der Sterne‹!«

»Hatice, ist das etwa heutzutage modern? Hängt man jetzt so was auf den Tannenbaum?«, frage ich völlig überrascht.

»Nein, nicht auf den Tannenbaum, sondern unter den Tannenbaum! Das sind Geschenke für mich!«

»Das kapiere ich nicht! Was meinst du mit, das sind Geschenke für dich? Willst du dich selbst beschenken?«

»Ja, Papa, weil du, knauserig, wie du bist, nie irgendwelche Geschenke für mich kaufst! Deshalb muss ich sie zwangsweise selber produzieren, damit ich an Heiligabend doch noch einige Geschenke unter dem Tannenbaum finde. Mein Gott, in was für Verhältnisse bin ich denn geboren worden? Da hat es ja selbst das Christkind damals besser gehabt als ich heute! Es hatte wenigstens fürsorgliche Eltern, die im Rahmen ihrer Möglichkeiten alles für den kleinen Säugling getan haben, von den höchst spendablen Heiligen Drei Königen mal ganz zu schweigen!«

Ich kann es kaum fassen, was Hatice hier so alles erzählt!

Aber mir dämmert, dass sie doch nicht über fünf Ecken andeutet, dass sie Geschenke haben will.

Direkter geht's nämlich gar nicht!

Eine schöne Bescherung

Das Paradies kann auch nicht schöner sein als eine Wohnung, aus der man die Kinder für ein, zwei Stunden verjagt hat. Die Schwiegermutter, irgendwelche Verwandten, Nachbarn oder Freunde haben unsere Kinder eingeladen, und deshalb sind sie heute Gott sei Dank nicht da. Mir ist auch völlig egal, wer sie jetzt am Hals hat, Hauptsache, sie sind weg. Derjenige bereut es sicherlich bitter, aber Einladung ist Einladung, jetzt muss er die Bande bis morgen Früh ertragen.

Alles ist anders. Selbst meine Frau ist nicht wiederzuerkennen. Sie schimpft nicht, sie brüllt nicht, sie flucht nicht, nein, sie ist die Ruhe in Person. Sie lächelt freundlich und wirkt völlig ausgeglichen.

Drei Stunden ohne Kinder sind erholsamer als drei Wochen Strandurlaub!

»Na, Eminanim, mein Engel, wie geht's dir heute?«, frage ich sie, um zu testen, ob sie das wirklich ist, die da drüben auf dem Sessel sitzt, oder ob sie mit den Kindern weggefahren ist.

»Mir geht's hervorragend, Osman. Aber ich hab das Gefühl, dass irgendetwas fehlt.«

»Das sind bloß die Kinder. Versuch nicht daran zu denken. Lass dir deine gute Laune nicht verderben. Hab keine Angst, heute Abend kommen sie nicht zurück. Möchtest du die Fernbedienung haben?«

»Nein, danke. Schau dir doch an, was du willst. Ich möchte lieber was lesen.«

»Eminanim, siehst du, wie unglaublich schön das Leben sein kann? Stell dir vor, manche Leute leben immer so!«

Sie schaut kurz von ihrem Buch hoch und lächelt sanft.

Die Kinder sind erst einen halben Tag weg, und schon haben wir uns von Orang-Utans zurück zur menschlichen Rasse entwickelt. Das ist doch eine Ironie der Natur: In dem Moment, als wir kleine Menschen in die Welt gesetzt haben, haben diese dafür gesorgt, dass wir uns selbst als menschliche Wesen von der Erde verabschieden mussten.

»Eminanim, irgendwann mal, in grauer Vorzeit, muss es bei uns schon mal so schön gewesen sein. Denn soviel ich weiß, hat keiner von uns beiden diese Kinder von zu Hause mitgebracht. Die sind uns irgendwann später passiert.«

»Ich kann mich an diese Zeit auch nicht mehr erinnern«, lächelt sie zufrieden bis unter die Haarspitzen.

»Eminanim, ob derjenige die Kinder für immer übernehmen kann und nicht nur für einen Tag?«

»Hmm …«, murmelt sie, in ihr Buch vertieft.

»Wir müssen realistisch sein, die werden wir nicht los. Irgendwann werden sie wieder vor der Tür stehen«, stelle ich nüchtern fest. »Aber lass uns das Positive an der Sache sehen. Wenn wir sie nicht hätten, könnten wir es nicht so herrlich genießen, wenn sie mal nicht da sind.«

»Hmm …«

Aber selbst der wundervollste Tag hat leider irgendwann mal ein Ende, und wir gehen zu Bett.

»Gute Nacht, Osman, schlaf gut.«

»Gute Nacht, Eminanim. Mögen doch alle unsere Tage so schön sein wie der heutige.«

Kaum befinde ich mich in meinem wohlverdienten, angenehmen, erholsamen, tiefen Schlummer, weckt mich meine Frau wieder auf:

»Wach auf, Osman, wach auf.«

»Was ist los, sind die Kinder etwa wieder da?«

»Jetzt weiß ich endlich, was uns heute Abend gefehlt hat«, sagt sie.

»Ja ja, die Kinder haben gefehlt. Und das war herrlich, jetzt lass mich endlich schlafen.«

»Nein, Osman, die Bescherung hat gefehlt!«

»Wie? Was für eine Bescherung denn?«

»Heute war doch Heiligabend. Wir haben beide vergessen, uns zu beschenken. Wegen Weihnachten sind die Kinder doch bei Oma.«

»Das gibt's doch gar nicht. Du hast Recht. Soll ich ins Wohnzimmer gehen und dein Geschenk holen?«

»Nein, das hat doch Zeit bis morgen, oder?«

»Stimmt, lass uns lieber schlafen. Weihnachten dauert ja noch zwei Tage. Gute Nacht.«

»Gute Nacht.«

»Gute Nacht, Eminanim! Was würde doch mein Arbeitskollege Hans nicht alles dafür geben, um Weihnachten einfach wie wir verschlafen zu dürfen?!«

TIL
FÜR 'NEN MUSLIM NICHT SCHLECHT!

Der teure Tannenbaum

Im Sommerurlaub muss ich jedes Jahr unsere Wohnung in der Türkei renovieren. Und im Winter darf ich zur Abwechslung unsere Wohnung in Deutschland renovieren, obwohl uns die noch nicht mal gehört.

»Eminanim, ich glaube nicht, dass der Sinn von Weihnachten wirklich darin besteht, ständig die Küche zu reparieren. Vielmehr solltest du in der Küche stehen und Plätzchen backen. Man sollte an Weinachten still und leise in sich gehen und nicht laut und chaotisch in den Baumarkt«, halte ich eine lange Predigt, um meine Frau auf den rechten Weg zu bringen, oder wenigstens raus aus diesem blöden Baumarkt.

»Osman, niemand hindert dich daran, während du die Küche reparierst, einen Moment die Zange beiseite zu legen, um mir meine Geschenke zu überreichen.«

»Aber bevor man Geschenke überreicht, sollte man im Wohnzimmer in der knusprig gebratenen Weihnachtsgans nach Reis und Rosinen wühlen und nicht im verrosteten Werkzeugkasten nach Hammer und Schraubenzieher!«

»Von mir aus. Wenn du es unbedingt weihnachtlich haben willst, dann schnapp dir das da«, sagt sie und zeigt mit dem Kopf auf einen schwarzen Plastiktopf.

»Was ist denn das?«, frage ich irritiert. Will sie mich etwa an meinen paar freien Tagen, ich meine, zu Weihnachten sollten sie eigentlich frei sein, auch noch als Gärtner missbrauchen?

»Das nennt man einen Tannenbaum, Osman, auch wenn es in Wirklichkeit eine Fichte ist. Das Ding stellt man sich zu Weihnachten ins Wohnzimmer und schmückt es. Das haben wir auch schon mal gemacht, aber du mit deinem Sieb-Hirn vergisst ja immer alles.«

»Was, ein Billig-Tannenbaum für fünf Euro aus dem Baumarkt?«, rufe ich empört, »wenn ich schon Weihnachten feiere, dann doch richtig. Dann will ich einen anständigen Baum haben und nicht so ein vertrocknetes, halbtotes Gestrüpp!«

Ich weiß nicht, warum ich plötzlich so empört reagiere. Eigentlich freue ich mich immer riesig, wenn sie ausnahmsweise mal bei irgendeiner der unzähligen Sachen, mit denen sie ständig unsere Wohnung voll stopft, sich für die günstigere Variante entscheidet. Ich glaube, meine übertriebene Empörung rührt daher, dass ich während der Feiertage den Klempner spielen soll, wo doch alle anderen Männer in Deutschland sich den Bauch dermaßen voll schlagen, dass sie drei Tage lang kaum aufstehen können. Hätte ich mich doch nur freiwillig zum Notdienst in Halle 4 gemeldet.

»Wenn du für einen Baum, der ohnehin nach zwei Tagen weggeschmissen wird, unser Geld verschleudern willst, bitteschön! Aber dann meckere nicht ständig über meine Einkäufe«, meckert Eminanim.

Auf dem Weg nach Hause halten wir bei einem Tannenbaummarkt, so wie sie sich kurz vor Weihnachten an jeder Straßenecke breit machen.

Da steht sie! Es ist Liebe auf den ersten Blick! Ich hätte niemals gedacht, dass mir in meinem Alter so was noch mal passiert. Ich verknalle mich sofort in die schönste Tanne weit und breit. Sie hat glänzende, gesunde, saftige Nadeln. Das

Prachtexemplar ist mindestens drei Meter hoch, stabil und kräftig. An den gut gebauten Zweigen können die Kinder Tarzan und Jäyn spielen. Kurzum: ein wunderbarer Tannenbaum, so wie von Weihnachtsmann und Knecht Ruprecht empfohlen. Vom durchgefrorenen Verkäufer natürlich noch mehr:

»Das ist eine kluge Entscheidung, die Sie da getroffen haben«, sagt er, »das ist die schönste Blautanne, die wir jemals hatten«. Er schnalzt mit der Zunge, als könnte man den Tannenbaum auch noch essen. Vielleicht ist ihm aber auch wegen der unglaublichen Kälte die Zunge eingefroren, und er versucht sie gerade irgendwie zu lösen. »Eine echte Öko-Tanne mit Wurzelballen«, schnalzt er wieder, »eine Bio-Öko-Tanne!« Platsch, schmatz. Eine biodynamische Öko-Blaufichtel-Edel-Tanne! Das Beste vom Besten!«, schmatz, platsch!

»Sehr schön, den nehmen wir«, sage ich.

»Osman, hast du den Preis gesehen?«, knurrt meine Frau und schubst mich, eifersüchtig, wie sie ist, von meiner Lieblingstanne weg. »Das Monsterding kostet 145 Euro!«

Jetzt wird mir klar, warum der Verkäufer die ganze Zeit geschmatzt hat. Nun bin ich dran mit dem Zungenschnalzen:

»Echt? Wirklich 145 Euro?«, schlooop, schmatz!

»Ja, die andere im Baumarkt kostet nur 5 Euro. Für die paar Tage reicht es doch!«

»Das ist es mir wert«, rufe ich laut, »schau doch, wie majestätisch sie aussieht. Sie stellt Hunderte von billigen Baumarkt-Tannen in den Schatten.«

Wir kaufen trotz aller Proteste von Seiten Eminanims den schönen, guten, umwerfenden Super-Tannenbaum und binden ihn mit Hilfe des Verkäufers auf das Dach von unserem Ford-Transit.

Mir gehen die Superlative aus, um dieses tolle Stück angemessen zu beschreiben. Man könnte vielleicht sagen, dieser Tannenbaum ist sowas wie ich. Aber das hilft Ihnen auch nicht weiter, denn Sie kennen mich ja nicht. Aber meine Frau kennt mich.

»Eminanim, dieser Baum ist einfach perfekt, genauso wie ich«, sage ich.

»Jaja«, zittert sie. Aber bei der Dunkelheit kann ich nicht ausmachen, ob aus Ärger oder vor Kälte.

Als wir endlich im Karnickelweg 7b ankommen, rufe ich so laut, wie ich kann nach meinem Sohn Mehmet, um das teure Stück reinzutragen.

»Mensch, Osman, brüll doch nicht so auf der Straße rum! Was sollen die Nachbarn denken?«, meckert meine Frau, die anscheinend immer noch eifersüchtig ist auf meinen geliebten Tannenbaum.

»Eminanim, ich ruf doch extra besonders laut, damit alle Nachbarn sehen, was ich dir für einen wunderschönen Tannenbaum gekauft habe«, strahle ich.

Das Problem liegt darin, dass es kaum möglich ist, diesen Riesenbaum in eine Sozialwohnung zu bekommen. Mehmet fasst hinten an, ich vorne. Wir haben gerade mal den ersten Stock geschafft, da fängt es plötzlich an zu schneien. Es rieselt sehr stark grün-blauen Schnee. Binnen zwei Sekunden ist der gesamte Tannenbaum kahl, und wir stecken bis zu den Knien in einem riesigen Nadelberg.

»Der Baum ist dir noch ähnlicher geworden, Osman«, lacht meine Frau jetzt hämisch.

»Das darf doch nicht wahr sein«, schluchze ich, »das blöde Ding hat mich ein Vermögen gekostet!«

»Vater, das ist doch nicht so schlimm. Du kannst ja die ganzen Nadeln wieder aufsammeln und sie einzeln an den Baum kleben. Damit hast du über Weihnachten genug zu tun«, spottet nun auch noch Mehmet.

»Kommt gar nicht in Frage«, protestiert zu meiner Überraschung Eminanim an meiner Stelle, »zuerst muss er die Küche renovieren!«

»Ich fahre schnell in den Baumarkt und kaufe diesen 5-Euro-Baum«, rufe ich. »Und bei dieser Gelegenheit werde ich auch noch diesen schmatzenden Tannbaumverkäufer erwürgen.«

»Von mir aus, aber vorher musst du das ganze Treppenhaus putzen«, grinst meine Frau, »du hast nämlich mit deiner Rumschreierei dafür gesorgt, dass jetzt alle Nachbarn wissen, dass das dein Müll ist!«

Weihnachtsgeschenke

Als naiver, ahnungsloser Weihnachtsanfänger hatte ich damals bei meiner Premiere logischerweise erhebliche Probleme, dem Fest der Liebe auch ein bisschen Liebe entgegenzubringen. Wie ein blutjunger Fahrschüler beim Rückwärtseinparken hatte ich als Weihnachtsneuling beim Parken der Geschenke unter dem Tannenbaum die unglaublichsten Schwierigkeiten. Bis zu dem Tag, an dem mein Kumpel und Arbeitskollege Hans, der Staplerfahrer aus Halle 4, mich in seine wertvollen Weihnachtstricks einweihte und mir die große Last des Geschenkekaufens von der Schulter nahm.

Seitdem bin ich im Weihnachtsgeschehen fest etabliert und feiere das Fest der Liebe mit allem, was dazugehört: mit Tannenbaum, bunten Kugeln und Lametta am Baum, gefüllter Gans im Magen und zahlreichen Geschenken. Und genau daran, nämlich an den Geschenken, haperte es bei mir, wie Sie ja wissen, früher gewaltig.

Meiner kleinen Tochter Hatice schöne warme Männerpantoffeln in Größe 42 oder eine gemütliche Rheumadecke aus Alpakawolle zu schenken und meine Frau Eminanim mit einer Fußball-Jahreskarte für Werder Bremen glücklich zu machen, während ich dem ewigen Studenten Mehmet mit vier neuen Winterreifen oder Schonbezügen für unseren Ford-Transit fröhliche Weihnachten wünschen konnte, war natürlich absolut genial!

Seitdem genieße ich jedes Mal die freien Tage am Ende des Jahres und die damit verbundene ganze Hektik und gebe viel Geld für die vielen Geschenke aus. Was tut man nicht alles, um als liebevoller Vater und guter Ehemann seine Familie an Weihnachten glücklich zu sehen.

Heute Abend ist mal wieder die Bescherung, und ich habe erneut weder Kosten noch Mühen gescheut, um meine Lieben unter dem Tannenbaum wieder einmal richtig zu überraschen und mehr als reichlich zu beschenken.

Meine kleine, süße Tochter Hatice bekommt von mir eine sehr schöne hellbraune echte Lammfelljacke in der Männergröße 56. Entweder kann sie die Jacke für später aufheben, oder sie kann sie auch ihrem Vater überlassen, damit er zu dieser kalten Jahreszeit nicht so fürchterlich frieren muss, wenn er Tag für Tag für seine hübsche Tochter Brötchen verdienen geht. An dem Text muss ich noch etwas feilen. Es muss alles noch viel liebevoller und dramatischer klingen, während Hatice meine hübsch verpackte Lammfelljacke entgegennimmt.

Mein linksradikaler, kommunistischer Sohn Mehmet – na ja, in diesen friedvollen Feiertagen wollen wir mal nicht über Politik reden – wird sich wahnsinnig über die neuen dritten Zähne freuen, die ich extra für ihn machen ließ. Die sind unglaublich teuer geworden, weil die Krankenkasse von den Kosten nicht einen Cent übernommen hat. Mehmet wird es hoffentlich richtig einzuschätzen wissen, dass ich in seine Zähne über 4000 Euro und viel Zeit investiert habe. In den letzten Wochen bin ich tagelang beim Zahnarzt gesessen und habe mir für seine Weihnachtszähne in meinem Mund rumfummeln lassen.

Meine Frau Eminanim wird sich riesig darüber freuen, dass sie endlich die lang ersehnte Hauptstadtreise von mir spendiert bekommt. Die von mir ausgesuchte tolle Reise nach Berlin ist zwar ohne Übernachtung, und Eminanim wird von der Hauptstadt auch nicht viel zu sehen bekommen, aber dafür fährt sie mit einem original Fänbus hin und zurück und bekommt zusätzlich ganz vorne in der zweiten Reihe eine sündhaft teure Eintrittskarte für das Pokalendspiel im Mai, im Berliner Olympiastadion. Und falls Werder Bremen es schon wieder schaffen sollte, sich bis zum Finale irgendwie durchzumogeln, dann wäre dieses Geschenk einfach nicht mehr zu toppen. Mehr kann man sich ja wohl nicht wünschen. Es gibt wohl kaum einen Mann in Deutschland, der Eminanim nicht um dieses Wahnsinns-Geschenk beneiden würde.

Ich habe diese tollen Geschenke für meine Familie schon vor mehreren Tagen hübsch verpackt und alle mit den jeweiligen Namenskärtchen versehen, auf denen ich jedem Einzelnen auch noch schriftlich ein sehr schönes Weihnachtsfest wünsche.

Dann endlich trommelt uns Eminanim nach dem Essen zur Bescherung im Wohnzimmer zusammen. Mich braucht sie nicht zweimal zu rufen. Ich fiebere dem Spektakel schon lange entgegen – wie dem Elfmeterschießen bei einem WM-Finale.

Ich bestehe drauf, dass ich zuerst meine Geschenke übergeben darf.

»Also gut, du bist zuerst dran, obwohl wir sowieso wissen, was in den Paketen drin ist«, sagt meine Frau. Ich tue so, als hätte ich diesen kritischen Seitenhieb nicht registriert. Seit Jahren gibt es immer wieder haltlose, unverschämte Gerüchte, dass ich mich indirekt selber beschenken würde.

»Diese Behauptung ist natürlich nicht ganz von der Hand zu weisen«, entgegne ich bei solchen Vorwürfen immer selbstbewusst, »in gewissem Sinne beschenke ich mich ja schon selber, wenn ich meiner geliebten Familie eine so große Freude bereiten kann.«

Deshalb fasse ich mich kurz und überreiche Hatice mein Weihnachtsgeschenk. Ihre Augen funkeln vor Freude wie die Sterne am Mittelmeer in einer herrlichen Sommernacht.

»Meine liebe Hatice, fröhliche Weihnachten. Ich habe dir eine sündhaft teure Lammfelljacke gekauft. Ich hoffe, sie passt dir genau und gefällt dir.«

»Danke, Papa, das ist das schönste Geschenk, dass du mir jemals gemacht hast«, jubelt sie, höflich, wie sie ist, noch bevor sie es gesehen hat, und reißt das Paket im Bruchteil einer Sekunde auf. Sie holt das teure Stück blitzschnell heraus und zieht es sofort an. Und meine Wünsche werden wahr: Die Jacke passt ihr wie angegossen!

Das kann doch nicht wahr sein!

Entweder bin ich irgendwie sehr geschrumpft, oder Hatice ist in den letzten Tagen für ihr Alter enorm gewachsen. Und richtig braun ist die Jacke auch nicht mehr, eher blassrosa, würde ich sagen. Oder trüben die funkelnden Weihnachtsbaumlichter meine Sinne so sehr?

Hatice klärt mich in dem Moment schon auf:

»Papa, weil du dich ja ständig in der Größe vertust, hab ich schon gestern mein Geschenk umgetauscht. Mama hat den Kassenbon in deiner Tasche gefunden. Danke, Papa, so viel Geld für eine Jacke, du bist echt kuul!«

»Öh, öhm … eh, ich wünsche dir viel Freude damit, meine Kleine. Und das hier ist für dich, Eminanim«, rufe ich, immer noch etwas durcheinander.

»Danke, Osman, das ist wirklich ein klasse Geschenk«, umarmt sie mich auch sofort übertrieben heftig. Dann reißt sie den Umschlag vorsichtig auf.

»Osman, ich hab mir überlegt, dass während des Fußballspiels Berlin sicherlich völlig überfüllt sein wird. Das Reisebüro war so nett, das Datum eine Woche vorzuverlegen. Und weil dadurch die Eintrittskarte für das Fußballspiel unnötig wurde, haben sie stattdessen im Hotel Adlon für sieben Tage eine Suite ganz für mich alleine reserviert. Mit deiner Scheckkarte musste ich dann nur noch einen ganz kleinen Betrag nachbezahlen.«

»Wie? Aber was soll …«

»Mach dir keine Sorgen. Das wird bestimmt eine ganz tolle Woche! Ich werde mindestens fünf Koffer mitnehmen. Osman, du bist echt der beste Ehemann aller Zeiten, sogar der beste Ehemann, den ich je hatte, danke, mein Schatz«, knutscht sie mich im ganzen Gesicht ab.

Während ich dann Mehmet sein Geschenk überreiche und mir dabei Eminanims Spucke von den Wangen wische, habe ich bereits böse Vorahnungen. Aber ich versuche mich zu beruhigen und freue mich drauf, dass es ein sehr guter Einfall war, Mehmet meine dritten Zähne zu schenken. Er wird sich hoffentlich nicht alle seine gesunden Zähne ziehen lassen, nur um mein Geschenk behalten zu können. Und ich hoffe, ich bin mir sogar ziemlich sicher, dass mein Zahnarzt sie weder umtauschen noch zurücknehmen wird.

Mehmet macht das Päckchen auf. Aber anstatt meiner aufwändig polierten neuen Zähne glänzt mir eine große, goldene Männeruhr entgegen.

»Vater, ich weiß es wirklich zu schätzen, dass du für mein Alter vorsorgen wolltest. Sehr weitsichtig von dir. Aber dein Zahnarzt meinte, er hätte dieses Gebiss in erster Linie für dich angefertigt und könne nicht garantieren, dass es mir in zwanzig Jahren wirklich passen würde. Ein Studienkollege von mir aus der Ukraine meinte, diese Zähne seien für seinen Opa, der ihn letzte Woche besucht hat, wie gemacht. Zum ersten Mal seit Jahren könne sein Opa endlich wieder in einen Apfel beißen und würde sich wahnsinnig freuen. Und dafür habe ich von ihm diese schöne, ukrainische Rolex bekommen. Sieht doch toll aus, oder? Ich hoffe, das war in deinem Sinne. Du hast an Weihnachten mit einem Geschenk zwei Menschen auf einmal glücklich gemacht. Vater, du bist echt klasse! Danke, Mann!«

»Bitte, bitte«, schluchze ich und versuche eifrig meine Tränen zu verbergen.

»Und was bekomme ich von euch?«, frage ich mit gebrochener Stimme.

»Papa, von mir bekommst du ein wunderschönes, großes Barbie-Puppenhaus«, ruft Hatice überglücklich. »Und die dazugehörige Barbie hat so viele verschiedene hübsche Kleider, dass du ihr jeden Tag etwas Neues anziehen kannst. Und den Ken bekommst du natürlich auch. Du willst doch nicht, dass die arme Barbie in diesem riesigen Puppenhaus alleine wohnen muss, oder?«

»Nein, natürlich nicht«, krächze ich verzweifelt.

»Vater, und von mir bekommst du ein Jahr lang freien Eintritt in meine Stammdisko«, ruft Mehmet gönnerhaft. »Na, ist das nicht genial? Und dazu hast du auch noch jeden Abend zwei freie Getränke nach deiner Wahl!«

»Ich… ich… tolle Sache«, stottere ich.

»Wenn du mal nicht kannst, dann gehe ich halt für dich«, tröstet er mich, »was tut man nicht alles für seinen uneigennützigen Erzeuger.«

»Osman, von mir bekommst du das beste und teuerste Haarpflegeset der Welt. Hier, du kannst selber lesen, in allen

Testzeitschriften hat diese Serie mit ihren Shampoos, Spülungen und Kurpackungen die besten Noten bekommen. Ich lass mich natürlich nicht lumpen, im Gegenzug für diese wirklich teure Berlinreise bekommst du von mir zusätzlich auch noch diese beiden goldenen Ohrringe mit Diamanten! Na, sehen die nicht prächtig aus? Du brauchst dir nur noch die Ohren stechen zu lassen. Frohes Fest, Osman!«

»D… da… danke, Eminanim.«

»Schatz, was ist denn mit deinen Augen los?«

»Nichts, nichts, das sind nur Freudentränen …«

Ich hasse Weihnachten!

OH TOLL! DER XXL-MULTISCHNITTEN VORRATS-TOASTER
TIL

Frohes Fett

»Osman, komm ganz schnell ins Badezimmer! Osman, wo steckst duuu? Jetzt komm schon her!«

»Eminanim, was ist denn los? Muss ich schon wieder eine arme Spinne töten? Oder liegt etwa der Weihnachtsmann bei uns in der Badewanne?«, frage ich neugierig.

»Ich kann's nicht fassen ... ich habe abgenommen, Osman! Ist das nicht phantastisch? Ob du's glaubst oder nicht, ich habe auf einen Schlag 25 Gramm abgenommen, und das an Weihnachten! Gestern Morgen, am letzten Weihnachtstag, war ich 25 Gramm schwerer als heute.«

»Wie du bei einer Digitalwaage, die in 100-Gramm-Einheiten misst, genau 25 Gramm ablesen kannst, wird mir immer ein Rätsel bleiben.«

»Osman, du brauchst nur etwas aufzupassen. Mit einem kleinen bisschen Interesse an der Sache könntest sogar du es verstehen.«

»Eminanim, bitte sag mir, wie das geht. Ich kann es kaum noch aushalten. Ich platze vor Neugier.«

»Sei nicht so zynisch, Osman. Komm hierher und schau es dir an. Siehst du die 8 hinter dem Komma?«

»Die 80 vor dem Komma finde ich viel aufregender.«

»Du Blödmann, danach fragt dich keiner!«

»Gut, gut, reg dich nicht auf. War doch nur Spaß.«

»Also, siehst du die 8 hinter dem Komma?«

»Nicht ganz. Es ist zu eng hier. Zieh mal deinen Bauch ein.«

»Noch so eine dämliche Bemerkung, und du kriegst die Waage auf den Kopf geknallt. Dann kannst du die 8 weder vor noch hinter dem Komma sehen. Das Komma selbst schon gar nicht!«

Ich nehme mir vor, kein Wort mehr achtlos zu sagen, mache meinen Hals lang wie eine Giraffe und starre auf die Waage.

»Es ist zu spät«, sagt sie.

»Wieso das denn? Die Zahlen laufen doch nicht weg!«

»Die 8 schon, was du jetzt siehst, ist die 9!«

»Wieso plötzlich 9? Redest du die ganze Zeit nicht über die 8? Willst du mir etwa sagen, dass du in diesen paar Sekunden wieder 100 Gramm zugenommen hast? Womöglich vor lauter Ärger über mich?«

»Osman, sei ruhig. Ich zeig's dir jetzt zum letzten Mal. Pass mal ganz genau auf, was passiert, wenn ich auf die Waage steige!«

»..............?«

»Und, Osman, hast du die Sprache der Waage endlich kapiert?«

»Ja, Eminanim, ich denke schon. Sie hat ziemlich laut ›gaaarrch‹ und ›guuurrch‹ gerufen. Was auf ein starkes Stöhnen und Ächzen hindeutet. Sie meint wohl, sie wäre etwas begeisterter, wenn du endlich mehr abnehmen könntest als lediglich diese 25 Gramm. Die ja auch noch nicht ganz hundertprozentig bewiesen sind.«

»Osman, ich rede nicht mehr mit dir. Du kapierst ja nicht mal, was du mit deinen eigenen Augen siehst.«

»Also ich weiß nicht, bisher hat mir das noch niemand vorgeworfen.«

»Wie bitte? Bei wie vielen Frauen durftest du denn schon zugucken, als sie nackt auf die Waage kletterten?«

»Eminanim, ich habe das Gefühl, du suchst einen Streit. Du willst die Wut über diese 25 Gramm Fett loswerden, und ich bin wie immer der Prügelknabe.«

»Osman, du bist auch unfähig, zu kapieren, was du hörst. Ich habe nicht 25 Gramm zugenommen, sondern 25 Gramm abgenommen!«

»Dann lass uns doch feiern. Warum ärgerst du dich?«

»Weil du es nicht siehst!«

»Aber wie sollte ich denn 25 Gramm sehen? Wahrscheinlich hast du 2 Gramm am linken Arm abgenommen, 3 Gramm am rechten Arm, 5 Gramm am rechten Hintern …«

»Doch nicht an mir, du Idiot, an der Waage!«

»Wieso? Die Waage hat doch nicht abgenommen. Sie hat nur ein bisschen gestöhnt.«

»Osman, halt bitte endlich die Klappe und hör genau zu, was ich sage.«

»Gut, ich bin jetzt ganz Ohr.«

»Und jetzt sieh mal zu.«

»Gut, ich bin jetzt ganz Auge.«

»Pass auf, Osman, ich steige jetzt auf die Waage …«

Gaaaarrch!!

»Hast du es jetzt endlich gesehen? Hast du jetzt gesehen, wie unendlich langsam, geradezu bedächtig die 8 hinter dem Komma ganz, ganz langsam auf die 9 hinter dem Komma geschlendert ist? Früher ist sie schlagartig wie der Blitz von 8 auf 9 gesprungen. Dass die Waage jetzt erst ewig lang bei der 8 stehen bleibt und dann ganz langsam im Zeitlupentempo auf die 9 geht, das bedeutet, ich habe 25 Gramm abgenommen.«

»Tolle Theorie, Eminanim, das sehe ich jetzt sofort ein. Aber warum so bescheiden? Du könntest doch glatt 50 Gramm abgenommen haben.«

»Ich weiß! Aber ich will damit nicht prahlen und es gleich an die große Glocke hängen. Osman, zieh deine Jacke an. Ich mach mich auch sofort fertig.«

»Oh nein. Nicht schon wieder! Jetzt müssen wir wohl wieder in die Stadt und neue schlanke Kleider und noch schlankere Schuhe kaufen. Immer wenn du abnimmst, nimmt mein Portmonee auch ab.«

»Ja, Osman, ist das nicht toll?«

NICHTS
WIR SCHENKEN UNS DIES' JAHR AUCH NICHTS
TIL

Geschenkestillstandsabkommen

Meine Frau und ich haben im Herbst ein Waffenstillstandsabkommen unterzeichnet: Wir werden uns zu Weihnachten nicht mehr gegenseitig mit Geschenken bombardieren. Ein Geschenkstillstandsabkommen also. Offiziell nennt man das so: Die Familie Engin steigt aus diesem elenden Konsumterror aus und kauft keine überflüssigen Geschenke mehr für den Ehepartner. Nur noch die Kinder bekommen was, und das ist schon überflüssig und teuer genug!

Ich freue mich riesig, dieses Jahr kein SOS funken zu müssen. Ich meine, diesen obligatorischen albernen Schlips, das Oberhemd und die Socken nicht mehr bewundern zu müssen.

All die Jahre musste ich immer so tun, als würde ich mich auch noch wahnsinnig darüber freuen, wieder einmal noch einen Schlips zu bekommen, den ich natürlich nie tragen werde. Aber das Allerwichtigste ist, ab sofort brauche ich nicht mehr stundenlang in der Stadt die ganzen Geschäfte abzuklappern, um für meine Frau unnötig Geld auszugeben.

»Wozu der ganze Quatsch, nicht wahr, Eminanim?«, strahle ich wie ein Honigkuchenpferd. Oder wie ein gebratener Hammelkopf. Oder wie ein gebratener Honigkuchenpferdkopf. »Wir beide sind uns doch Geschenk genug, nicht wahr, mein Engel?«

Und das Allerschönste dabei ist, diese grandiose Idee

stammt von Eminanim selber. Sagen wir mal so: Sie hat es endlich ausgesprochen. Ich war schon seit Jahren der Meinung, aber ich wagte es nicht mal, in ihrem Beisein daran zu denken, aus Angst, sie könnte schon wieder meine Gedanken lesen.

Auf einmal hat Weihnachten für mich all seinen Schrecken verloren. Ich fange sogar allmählich an, es schön zu finden. Die ganzen bunten Lichter in der Stadt, überall lachende und nette Menschen. Und ein Hauch von Fröhlichkeit in der Luft, gemischt mit Zimt, Zucker, Nelken und frisch ausgekotztem Glühwein mit gebrannten Mandeln. Herrlich!

Plötzlich kann ich mich gar nicht mehr daran erinnern, warum ich früher diese ganze Weihnachtszeit als so bedrückend und qualvoll empfand. Ich dachte immer, es läge an der Religion. Nein, es lag an den Socken!

An Heiligabend findet bei uns die Bescherung wie immer unter dem Tannenbaum statt. Diesmal bekommen, wie gesagt, nur unsere Kinder Geschenke. Eminanim hat sie gekauft.

»Das hier ist von Mami und Papi für Hatice«, sagt meine Frau. Ich schaue sie dankbar an.

»Das hier ist von Mami und Papi für Mehmet.« Sogar der ewige Student kriegt was. Von mir aus, solange nicht ich losgehen muss, um es zu kaufen.

»Und das hier ist von Mami für Papi«, sagt Eminanim.

»Von Mami für wen?«, frage ich verdattert.

»Für Papi!«

»Für welchen Papi denn?«

»Wie viele Papis haben wir denn hier?«, weist sie mich barsch zurecht.

»Ich glaube, du meinst mich. Aber von welcher Mami ist es denn? Von meiner lieben Schwiegermami?«

»Das ist mein Geschenk für dich, Osman. Hier, nimm es, frohe Weihnachten!«

»Ich werde wahnsinnig! Eminanim, hast du nicht gesagt, wir sollen uns keine Weihnachtsgeschenke mehr gegenseitig kaufen? Ich soll dir nichts kaufen, und du kaufst mir auch keine albernen Krawatten und Socken mehr?!«

»Woher weißt du denn, dass du dieses Jahr Krawatten und Socken von mir bekommst? Hast du etwa wieder in meinem Kleiderschrank gewühlt, oder hat Hatice gepetzt?«

»Nein, nein, das war nur so eine Vorahnung von mir«, knurre ich.

Eminanim hat es wieder geschafft, das fröhlichste Weihnachten, das ich jemals hatte, grandios zu vermasseln!

»Und was schenkst du mir, Osman?«, ruft sie und schaut mich erwartungsvoll mit großen gierigen Augen an.

»Eminanim, hör doch auf mit dem Blödsinn! Wir haben doch abgemacht, dass wir uns gegenseitig keine Geschenke machen!«

»Nein, haben wir nicht! Ich wollte nur mal sehen, ob du mir von ganzem Herzen was schenkst oder nur, weil es sich so gehört. Und, wo ist nun mein Geschenk?«

»Ööhm … mhhh … ehh!!«

»Osman, lass den Quatsch. Ich bin jetzt neugierig genug und völlig gespannt. Also rück jetzt endlich mein Geschenk raus!«

»Jah-ha, eee, aber ich dachte, du meinst das ernst und so …«

»Willst du etwa damit sagen, du hast für mich kein Geschenk zu Weihnachten gekauft, du elender kleiner Geizkragen?!«

»Eminanim, du bringst mich in eine peinliche Situation. Wir hatten doch unsere Abmachung …«

»Kinder, habt ihr es mitgekriegt, euer Vater hat für mich kein Geschenk gekauft; nicht mal einen Kaugummi!«, fängt Eminanim an zu heulen.

»Pfui, schäm dich, Papa! Sei nicht traurig, Mama!«, rufen die Kinder im Chor.

»Kinder, das ist das falsche Lied, an Heiligabend singt man ›Ooo Tannenbaum‹ und nichts anderes«, schimpfe ich. »Seid doch froh, dass ihr wenigstens was bekommen habt!«

»Die Geschenke für die Kinder habe ich ganz alleine gekauft«, schluchzt Eminanim.

»Pfui, schäm dich dreimal, Papa! Womit hast du das verdient, Mama?«, nervt mich der Kinderchor erneut.

Ich halte den Druck nicht mehr aus und verlasse fluchtartig die Wohnung. Kaum bin ich im Flur, höre ich noch eine Ehefrau bezüglich der Weihnachtsgeschenke rumklagen. Die Frau von unserem Hausmeister Krummsack:

»Ich ertrage das nicht mehr! Seit Jahren kriege ich immer diesen blöden grün-gelb gestreiften Frottee-Bademantel geschenkt. Kannst du dir nicht mal nach zehn Jahren was anderes einfallen lassen? Mein ganzer Schrank ist voll mit den Dingern. Ich hab die Schnauze voll!«, brüllt sie und wirft ihr Weihnachtsgeschenk in den Flur, genau mir ins Gesicht.

Ich laufe sofort wieder nach oben:

»Hier, Eminanim, hast du wirklich gedacht, ich hätte dein Weihnachtsgeschenk vergessen? Denkst du, ich lass mich lumpen, mein Engelchen?«

Meine Frau stürzt sich freudestrahlend auf das Geschenk.

»Oh, Osman, so ein schöner grün-gelber Morgenmantel! So was wollte ich schon immer haben! Ich danke dir! Aber was hat dieser Satz hier denn zu bedeuten: Für meine liebe Frau Hertha, alles Gute zu Weihnachten?!«

Süß-saure Weihnachten

Lebkuchenherzen, Mozartkugeln, Weinbrandbohnen, Zimtsterne, Paranüsse, Pfefferkuchen, Dominosteine, Makronen, Kokosflocken, Mandelplätzchen, Berliner Brot, Weihnachtsstollen, Schoko-Nikoläuse, Vanillekipferl, Marzipanschweine … ich bin verrückt nach diesen leckeren Schweinereien. Man könnte auch sagen, ich bin süchtig nach Weihnachtsgebäck. Die endgültige medizinische Diagnose, dass ich ein willenloser Djanki bin, ist mir deshalb noch nicht von einem übereifrigen Arzt bescheinigt worden, weil Marzipanschweinesucht zurzeit wissenschaftlich noch nicht so gut erforscht ist wie Heroin-, Alkohol-, Zigaretten- oder Spielsucht.

Deshalb freue ich mich riesig, dass ich nicht wie die anderen armen Süchtigen dieser Welt in irgendwelchen heruntergekommenen Hinterzimmern von Gesundheitsämtern peinliche Sitzungen mit Gleichgesinnten abhalten muss, die in den dünnen Programmbeilagen der Stadtzeitungen als die »Anonymen Marzipanschweiniker« aufgeführt werden. Und dort nicht mit gesenktem Kopf aufstehen und stottern muss:

»Guten Tag, ich bin Osman. Ich bin marzipanschweinesüchtig! Ich war fast am Verzweifeln, aber Gott sei Dank habe ich hier viele neue nette Freunde gefunden. Ich bin sicher, dass ich durch unsere Gruppentherapie schon bald wieder kliin werde!«

Ich freue mich vielmehr, dass ich mit der gesamten christlichen Welt zusammen ganz öffentlich und legal und mit gutem Gewissen meiner Weihnachtsgebäcksucht frönen kann. Sogar mit unglaublich großem Tamtam, wobei man sich nicht mal wegen seiner Abhängigkeit zu schämen braucht. Höchstens vielleicht wegen allzu peinlicher Weihnachtsdekoration an der Hausfassade, die ja immer je proller desto doller ausfällt. Auf der nach oben offenen Peinlichkeitsskala behauptet Jahr für Jahr das Ruhrgebiet mit großer Hingabe unangefochten die Spitzenposition in dieser Disziplin.

Aber allzu sehr wird man für seine Hemmungslosigkeit von seinen Mitmenschen doch nicht geächtet, im Gegensatz zu den ganzen anderen Suchtbolzen dieser Welt. Verglichen mit den armen Rauchern, lässt man uns Marzipanschweinsüchtige ziemlich in Ruhe.

Einige böse Zungen behaupten sogar, ich würde Weihnachten nur wegen all dieser Fressereien feiern, wobei meine arme Frau wie eine Leibeigene tagelang in der Küche schuften muss. Dass diese eine böse Zunge, die nichts als Verleumdungen und hinterhältige Unwahrheiten in die Welt setzt, Eminanim selber gehört, brauche ich ja nicht mal zu erwähnen.

Ich gebe es zu – an diesen heiligen Tagen soll man ja nicht ungerecht sein –, meine Frau hat vieles davon wirklich selber gebacken oder gekocht. Aber das meiste hat sie auch kistenweise in verschiedenen Supermärkten gekauft und in unzähligen Plastiktüten nach Hause geschleppt. Oder besser gesagt, schleppen lassen! Ich war natürlich derjenige, der diese undankbare Arbeit mit der elenden Schlepperei auf sich nehmen musste. Aber das findet selbstverständlich nirgendwo auch nur mit einer Silbe Erwähnung.

Originalzitat Eminanim:

»Osman, die ganzen Weihnachtsvorbereitungen finden ja wie jedes Jahr komplett ohne dich statt, du fauler Sack! Aber wenn's danach ums Essen geht, bist du plötzlich topfit und kämpfst wie immer an vorderster Front! Wenn's hoch kommt, kriegen unsere armen Kinder mit großem Glück manchmal ein paar krümelige Plätzchen ab. Und das auch nur, wenn ich's rechtzeitig schaffe, sie vor dir zu verstecken. Die Süßigkeiten meine ich, nicht die Kinder! Aber wer weiß, vielleicht wirst du ja in deiner grenzenlosen Gier irgendwann mal auch die Kinder verputzen, wenn sie sich mal unvorsichtigerweise mit Schokolade beschmieren sollten!«

»Das mag sein, Eminanim«, sage ich leicht verärgert, »zu Weihnachten kann ich für nichts garantieren. Lass es also nicht drauf ankommen. Du riechst nämlich auch schon die ganze Zeit sehr verlockend nach Zimt«. Energisch beiße ich dem rosa Marzipanschwein den Kopf ab.

Und als wenn wir selber nicht genug von diesen hinterhältigen Kalorienbomben zu Hause deponiert hätten, bringt auch noch jeder Besucher zusätzlich mehrere Packungen Pralinen und Weihnachtsstollen mit.

Seit Tagen haue ich mich schon mit den süßesten Leckereien voll! Aber ich habe doch gar keine andere Wahl! Ich bin doch hoffnungslos mit diesen ganzen Köstlichkeiten zusammen eingesperrt.

Was soll ich denn sonst machen? Die gucken die ganze Zeit mich an, ich gucke sie an, dann passiert's halt! Wie sagt man doch so schön: Gelegenheit macht dick!

Nach den Feiertagen wiege ich immer zweimal so viel. Was mich schon ein bisschen wundert. Ich esse nämlich mindestens das Zehnfache meines Körpergewichts; warum nehme ich dann nur das Zweifache zu?

Am zweiten Weihnachtsabend tischt Eminanim wieder so viel Essen auf, dass unser armer Wohnzimmertisch fast zusammenbricht. Um eine größere Katastrophe zu verhindern, verstärke ich unseren Esstisch in der Mitte mit dem Wagenheber von unserem Franz-Josef.

Wir sitzen stundenlang am Tisch und sind hemmungslos nur am Schlemmen. Ein Gang nach dem anderen wird aufgetragen, es gibt nie Leerlauf! Und danach folgen sofort alle möglichen Nachtischleckereien.

Ob Jesus das wirklich so gewollt hat, als er Weihnachten erfunden hat? Oder haben die Erfinder von Jesus auch Weihnachten erfunden?

Plötzlich wird mir sehr schlecht! Ich kann nicht mal mehr atmen! Eminanim und Mehmet schleppen mich sofort auf die Couch.

»Osman, ich sag dir seit Tagen, dass du nicht so viel fressen sollst«, schimpft Eminanim auch noch mit mir.

»Kinder, macht's gut, wir sehen uns im Jenseits! Allah holt mich an Jesus' Geburtstag zu sich«, stöhne ich.

Mein kommunistischer Sohn Mehmet, der leider kein bisschen religiös ist, ruft den Notarzt an, um die Pläne vom lieben Gott zu durchkreuzen.

Obwohl ich auf dem Rücken liege, kann ich meine Füße nicht sehen. Ich kann sogar nicht mal mehr den Weihnachtsbaum sehen! Mein aufgequollener Bauch reicht fast bis zur Decke!

Dazu stoße ich die ganze Zeit unangenehm auf.

»Wie kann man nur so viele Süßigkeiten in sich reinstopfen«, ruft meine Frau hysterisch und rennt aufgeregt hin und her, um meine Stirn und meine Fußgelenke mit kalten Umschlägen zu versorgen.

»Frau, das liegt doch nicht an den Süßigkeiten«, stöhne ich mit letzter Kraft leise, »ich stoße doch die ganze Zeit nur sauer auf. Eine von den drei Weihnachtsgänsen war wohl schlecht!«

Der Notarzt transportiert mich sofort ins Krankenhaus. Dort sind drei Ärzte fast eine Stunde damit beschäftigt, mir den Magen und den Darm auszupumpen. Nachdem sie mich einmal – wie der Rohrreinigungsdienst – von oben bis unten durchgespült haben, kann ich wieder einigermaßen normal atmen und werde das neue Jahr höchstwahrscheinlich doch noch miterleben.

Eminanim besucht mich jeden Tag im Krankenhaus. Natürlich immer mit all ihren Freundinnen zusammen. Das ist für die wahrscheinlich billiger, als im Café zu sitzen.

Nach drei Tagen werde ich entlassen und meine Frau kommt mit einem Riesenpaket unter dem Arm, um mich abzuholen:

»Osman, deine lieben Arbeitskollegen wünschen dir gute Besserung. Und haben dir diese Kiste geschickt.«

Neugierig, wie ich bin, reiße ich sofort den großen Karton auf: Lebkuchenherzen, Mozartkugeln, Weinbrandbohnen, Zimtsterne, Paranüsse, Pfefferkuchen, Dominosteine, Makronen, Kokosflocken, Mandelplätzchen, Berliner Brot, Weihnachtsstollen, Schoko-Nikoläuse, Vanillekipferl, Marzipanschweine …

Nach der zweiten kompletten Rohrreinigung in dieser Woche habe ich gute Aussichten, vermutlich noch Mitte Januar entlassen zu werden!

Das erbarmungslose Weihnachtsgesetz

Letztes Jahr hatte ich ja noch ein Riesenglück, und die Frau von unserem Hausmeister, Hertha Krummsack, half mir mit ihrem Bademantel aus meiner ausweglosen Situation.

Aber ich kann mich doch nicht immer darauf verlassen, dass mir im Treppenhaus alle Jahre wieder ein Weihnachtsgeschenk für meine Frau Eminanim ins Gesicht geworfen wird. Vielleicht schmeißt Frau Krummsack ihre Weihnachtsgeschenke diesmal zur Abwechslung aus dem Fenster auf die Straße. Ich kann ja schließlich nicht überall sein!

Sie merken, auf die Schützenhilfe von Nachbarn zu hoffen hat wenig Sinn.

Und darauf zu spekulieren, dass Eminanim Weihnachten mal vergisst oder dass es ausnahmsweise mal wegen zu wenig Schnee oder zu hoher Arbeitslosigkeit ausfällt oder, weil der Nikolaus krank ist, verschoben wird, scheint auch nicht sehr Erfolg versprechend zu sein. Ich befürchte, die Verantwortlichen da oben werden das knallhart durchziehen, komme, was wolle. Auf uns gequälte und verzweifelte Ehemänner wird wie immer keine Rücksicht genommen.

Ich muss erneut in den sauren Apfel beißen und wieder auf eigene Faust durch die Innenstadt ziehen, um ein Weihnachtsgeschenk für meine Frau zu finden. Jedes Jahr die gleiche Leier!

Ich laufe stundenlang hin und her und finde rein gar nichts;

außer alle meine Kollegen von Halle 4, die ebenfalls mit hochrotem Kopf und völlig verschwitzt durch die Frauenabteilungen der verschiedenen Kaufhäuser rennen.

Dann stoße ich auch noch auf eine Diebin.

»Was machst du denn da?«, frage ich das junge Mädchen, das heimlich seine Taschen voll stopft.

»Ich besorge Weihnachtsgeschenke für meine Mama und meine Schwester, was denn sonst?«, strahlt sie mich freundlich an. »Für Papa hab ich schon alles zusammen, willst du mal sehen?«

»Aber du klaust doch«, rufe ich empört.

»Ja, natürlich«, sagt sie, »meinst du, mein Taschengeld reicht für die ganzen Geschenke? Ich muss noch für die beiden Omas, für meine Cousins, für meine Tanten und Onkels ...«

»Klauen?«

»Ja, und für meinen Freund Dennis muss ich gleich auch was Tolles besorgen. Das ist vielleicht ein Stress!«

»Hör mal zu, mein Kind, darf man denn zu Weihnachten überhaupt was Geklautes verschenken?«

»Klar doch! Der Preis ist unwichtig, auf den ideellen Wert kommt es an. Hauptsache, es kommt von Herzen!«

»Da hast du auch wieder Recht.«

»So, jetzt muss ich weiter und für Dennis einen ei-Pod finden. Frohe Weihnachten.«

»Frohe Weihnachten«, rufe ich hinter ihr her.

Ich bin sogar bereit, richtig Geld für die Ware zu bezahlen, aber ich finde einfach kein passendes Weihnachtsgeschenk für Eminanim. Stattdessen finde ich Eminanim selber:

»Was ist los, Osman, du siehst ja völlig gestresst aus?«, fragt sie. »Hast du wieder kein passendes Geschenk für mich finden können?«

»Öhm … na ja …«

»Komm, ich zeig dir, was ich haben will.«

Eminanim schnappt sich meine Hand und zerrt mich wie ein kleines Kind hinter sich her durch das voll gestopfte, riesige Kaufhaus. Und wie ich befürchtet habe, bleibt sie mitten in der Juwelierabteilung wie angewurzelt stehen. Sie weiß natürlich ganz genau, dass ich in meiner verzweifelten Lage nicht den Hauch einer Chance habe, gegen sie aufzumucken. Jedes Jahr liefert mich das Weihnachtsfest ihr bedingungslos aus. Es ist bestimmt kein Zufall, dass ich immer um diese Zeit mit dem Gedanken spiele, endgültig wieder in die Türkei zurückzukehren. Ich habe keine verlässlichen Statistiken zur Hand, aber es ist gut möglich, dass unter den Hunderttausenden Deutschen, die jedes Jahr auswandern, diese Geschenkefolter zu Weihnachten eine nicht unerhebliche Rolle spielt. Das erklärt auch, warum sie sich meistens in Gegenden flüchten, in denen sich der Nikolaus äußerst selten blicken lässt. Einige gehen ganz auf Nummer sicher und nehmen die Ehefrau erst gar nicht mit. Die Gattinnen sitzen immer noch zu Hause und warten darauf, dass ihre Männer endlich vom Zigarettenholen zurückkommen.

»Diesen Ring will ich haben, Osman!«, ruft meine Frau und gibt sich alle Mühe, dass ich den Preis nicht auf Anhieb sehe.

Ob ich auch Zigaretten holen gehen soll?!

Als Nichtraucher wäre das nicht sehr glaubwürdig. Und für jemand, dessen Bankkonto und Zügel in der Hand der Ehefrau liegen, wäre es auch nicht unbedingt empfehlenswert.

»Darf ich wenigstens meinen letzten Wunsch äußern?«, frage ich zaghaft.

»Osman, du wirst doch nicht standrechtlich erschossen!

Du sollst mir nur diesen kleinen, süßen Ring schenken, mehr nicht!«

Ich drehe meiner Frau den Rücken zu und stelle die Ohren auf Durchzug.

»Eminanim, bezahl du das Ding mit unserer Karte, du hast es ja auch ausgesucht. Ich kann nicht mit ansehen, wie unser armes Bankkonto leidet.«

Mit dem süß-sauren Gefühl, zwar ausgeraubt worden zu sein, aber dafür die Weihnachtsfolter lebendig überstanden zu haben, gehe ich bedrückt, aber doch einigermaßen erleichtert nach Hause.

Am nächsten Tag sagt meine Frau:

»Du, Osman, ich hab jetzt einmal darüber geschlafen. Du weißt doch, die Sache mit dem Ring, ich bin zu dem Schluss gekommen ...«

»Mein Engel, du willst den teuren Ring wieder zurückgeben? Ich wusste, dass du wieder zur Vernunft kommst!«, freue ich mich.

»Nein, das meine ich doch nicht, wo denkst du denn hin? Aber ein Weihnachtsgeschenk soll ja auch einen Überraschungseffekt haben, nicht wahr?!«

»Eminanim, du glaubst gar nicht, wie überrascht ich war, als du mir gestern Abend den Preis genannt hast. Es übertraf bei weitem meine Vorstellungskraft. Für mich ist das überraschend genug! So was wünsche ich nicht mal meinen Feinden.«

»Hey, nicht du sollst überrascht werden, sondern ich!«

»Wie meinst du das?«

»Das Geschenk unter dem Tannenbaum sollte mich normalerweise überraschen. So steht es im Weihnachtsgesetzbuch geschrieben. Dieser Ring ist zwar sehr hübsch, aber er kann mich nicht mehr überraschen. Den kenne ich ja schon, den habe ich doch selber ausgesucht.«

»Eminanim, das meinst du doch nicht ernst? Du meinst doch wohl hoffentlich nicht ...«

»Doch, Osman, leider musst du jetzt noch mal los, um für mich ein richtiges Weihnachtsgeschenk zu kaufen! Ich möchte morgen mal richtig überrascht werden!«

Weihnachtsbeschäftigung

Weihnachten hat auch viele Vorteile.

Tagelang schönes Essen, tagelang nicht zur Arbeit gehen, tagelang … sich unendlich langweilen – leider!

Ich habe Entzugserscheinungen, weil ich nämlich während der gesamten Feiertage keine Sekunde das Haus verlassen darf, um mit meinen Kumpels im türkischen Männercafé eine Runde gemütlich Tavla zu spielen.

Tavla ist dieses berühmte orientalische Würfelspiel, das in den nördlichen Gefilden auch unter dem merkwürdigen Namen Bäckgammon bekannt ist. In den südlichen Gefilden ist es wiederum auch berüchtigt als »der Scheidungsgrund«, weil einige Männer manchmal vor lauter Tavlaspielen monatelang vergessen, dass sie eine Frau und vier Kinder haben – oder auch umgekehrt, die sehnsüchtig zu Hause auf sie und den Gehaltsscheck warten.

Am zweiten Weihnachtstag am späten Nachmittag klingelt das Telefon. Voller Sehnsucht stürze ich mich drauf, um endlich eine fremde Stimme zu hören. Ich würde mich sogar über einen Werbeanruf wahnsinnig freuen!

»Hallo, Osman, ich bin's, Nedim, ich wünsche dir frohe Weihnachten«, sagt mein Freund und Arbeitskollege Nedim.

»Nedim, was willst du schon wieder? Wir haben uns doch erst vor drei Stunden bereits zum fünften Mal zu Weihnachten gratuliert!«

»Osman, Hümeyranim lässt mich nicht rausgehen! Mir ist total langweilig hier.«

»Nedim, wenn es dich beruhigt, mir geht's nicht viel anders. Die gesamte Decke fällt mir langsam auf den brummenden Kopf! Wenn ich innerhalb der nächsten Stunden kein Tavla spielen kann, werde ich garantiert verrückt! Dann kannst du mich in der Nervenklinik in Bremen-Ost besuchen. Aber bring dann bitte dein Tavlaspiel mit.«

»Deshalb rufe ich ja auch an, Osman, lass uns doch jetzt Tavla spielen, bevor wir beide durchdrehen.«

»Nedim, wie soll das denn gehen? Du darfst nicht raus, ich darf nicht raus!«

»Wir können doch am Telefon Tavla spielen, macht bestimmt Riesenspaß!«

»Aber Nedim, wie stellst du dir das denn vor? Wir müssen doch ständig würfeln und haben kein Bildtelefon.«

»Osman, du spielst an deiner Tavla, ich spiele an meiner Tavla. Was wir gewürfelt haben und welchen Stein wir gerade wohin spielen wollen, geben wir halt telefonisch durch. Ich sehe überhaupt keine Schwierigkeit darin.«

»Oh, das ist ja wirklich eine ganz tolle Idee, Nedim. Ich kann's kaum abwarten! Dann lass uns doch am besten gleich damit anfangen.«

All meine Langeweile und meinen ganzen Ärger wegen Weihnachten und wegen Eminanim lass ich an dem armen Nedim aus!

Ich lege ihn gnadenlos rein und haue ihn richtig übers Ohr. Weil er ja am Telefon nicht sehen kann, was ich gerade würfle, gebe ich ihm häufig einfach die Zahlen durch, die ich dringend brauche, um ihn fertig zu machen!

Wahre Freunde sind nun mal dafür da, um an stressigen

Tagen als Blitzableiter für den besten Kumpel zu fungieren, nicht wahr?!

Nach einer Stunde und 42 Minuten ist das Spiel zu Ende. Besser gesagt, drei komplette Spiele sind zu Ende! Und ich habe alle drei verloren!

Bei Allah, das kann doch nicht wahr sein! Ich glaub's einfach nicht!

Dabei hab ich ihn doch ununterbrochen reingelegt!

Getürkte Weihnacht

Mein Nachbar Ahmet und seine Frau Fadimanim haben uns in diesem Jahr zu Weihnachten eingeladen. Nedim und seine Frau Hümeyranim werden auch da sein. Und dazu auch noch Hasan mit seiner Gattin Gülsümanim.

Seit Jahren feiert immer der gleiche Haufen zusammen den Geburtstag von Jesus, ohne dass der sich selber einmal blicken lässt. Aber das sind wir inzwischen schon gewöhnt. Wir werden aber nicht nur vom Sohn Gottes, sondern auch vom Wettergott im Stich gelassen und haben mal wieder kein weißes Weihnachten.

»Osman, schau doch, was für wunderschöne Rollkragenpullover ich für die drei Männer gekauft habe«, sagt meine Frau und legt die Sachen vorsichtig auf dem Tisch ab.

»Waau, alle Achtung, die Dinger sehen ja wirklich gut aus«, bewundere ich die herrlich weichen Kaschmirstücke.

»Und für meine drei Freundinnen habe ich diese feinen Blusen besorgt.«

»Die haben doch bestimmt ein Vermögen gekostet! Was haben wir eigentlich letztes Jahr von denen bekommen?«

»Letztes Jahr haben wir doch Weihnachten ausfallen lassen, weil die Kinder nicht da waren. Erst hinterher haben wir es gemerkt, und du hast gesagt, der Herr Jesus wird es uns bestimmt nicht übel nehmen, wenn wir einmal in 2000 Jahren seinen Geburtstag nicht mitgefeiert haben.«

»Ich weiß aber noch, was wir ein Jahr vorher bekommen haben: lauter billiges Zeug, das nicht mal ein Bruchteil von dem gekostet hat, was du hier ausgegeben hast.«

»Aber Osman, das sind doch unsere Freunde, da darf man doch nicht so knauserig sein.«

»Was heißt hier Freunde? Die erfahren doch nicht mal, dass die teuren Sachen von uns sind. Jeder schmeißt nämlich seinen Kram auf einen Haufen in der Ecke und fischt sich dann beim Nachhausegehen aus dem Müllberg wieder irgendein Paket raus, das die anderen Geizkrägen angeschleppt haben. Völlig anonym und armselig, schlimmer als beim Roten Kreuz.«

»Sollen wir etwa mit leeren Händen dahin gehen oder was?«

»Ich meine, bei dem Sauwetter in diesem Jahr könnte ich diese drei Kaschmirpullover ganz hervorragend selber gebrauchen. Und in diesen Seidenblusen würdest du aussehen wie eine Prinzessin.«

»Meinst du wirklich? Irgendwie hast du Recht, Osman. Diese teuren Blusen einfach abzugeben, hätte mir eigentlich auch das Herz gebrochen.«

»Dann sind wir uns ja einig. Ich ziehe heute Abend den roten Kaschmirpullover an«, jubele ich.

»Und ich ziehe diese rote Bluse an. Dann können wir zusammen im Partnerluk gehen«, klatscht meine Frau höchst vergnügt in die Hände. »Aber was schenken wir denen stattdessen zu Weihnachten? Wir müssen doch gleich los, und die Geschäfte sind schon zu!«

»Kein Problem, Eminanim, das mit den Geschenken organisiere ich im Handumdrehen. Ahmet kriegt von mir diesen schönen, knallroten, absolut gesunden Ökoapfel und seine Frau Fadimanim eine noch gesündere gelbe Banane mit sehr attraktiven braunen Punkten, die ich extra für sie aus Südamerika habe einfliegen lassen«, rufe ich und fische die beiden Obststücke aus der Schale.

Eminanim ist begeistert von den tollen neuen Geschenken und fängt sofort an, sie hübsch zu verpacken. Meine genialen Einfälle sind einfach nicht zu stoppen, und so rufe ich weiter:

»Mein lieber Freund Nedim bekommt mein teures, herrlich duftendes Rasierwasser, schade nur, dass die Flasche schon so gut wie leer ist. Seine reizende Frau Hümeyranim bekommt eine höchst informative, mit tollen Hochglanzfotos geschmückte Fernsehzeitschrift, die vom Datum her zwei Wochen alt ist, aber bei den vielen Wiederholungen im Fernsehen merkt das sowieso kein Mensch. Ja, und mein treuer Freund Hasan erhält in diesem Jahr ein geschichtsträchtiges, wichtiges, einem der ältesten deutschen Parteien gehörendes Schreibgerät, nämlich diesen schönen SPD-Kugelschreiber, den man mir vor den letzten Wahlen auf dem Marktplatz nachgeschmissen hat. Schade nur, dass der rote Kugelschreiber, genauso wie die SPD, mit der Zeit ganz gewaltig Farbe verloren hat und blassrosa geworden ist. Und seine liebenswerte Gattin Gülsümanim kann sich schon jetzt überaus glücklich schätzen, ab dem diesjährigen fröhlichen Weihnachtsfest stolze Besitzerin dieser nigelnagelneuen, umweltfreundlichen, absolut sanften dreilagigen Klopapierrolle zu sein, die wir aus purer Nächstenliebe noch nicht mal bis zur Hälfte aufgebraucht haben.«

»Osman, das ist doch wirklich Wahnsinn, wie schnell du Geschenke produzieren kannst. Ich komme nicht mal mit dem Verpacken nach.«

»Eminanim, du solltest auch wissen, dass ich solche Geschenke extra mit viel Bedacht auswähle, wobei die persönliche Note nicht zu stark sein darf und das Geschenk von jedem gerne gebraucht werden kann.«

»Stimmt, wir wissen ja gar nicht, wer die glücklichen Empfänger sein werden. Und wir wollen auch nicht, dass man uns als die großzügigen, spendablen Freunde enttarnt und bewundert.«

Wie der leibhaftige Weihnachtsmann, mit einem roten Pullover und mit einem knallroten Rucksack voller Geschenke auf dem Rücken, klingle ich bei Ahmet. Ehrlich gesagt hätte ich mir die Mühe komplett sparen und den gelben Sack samt Inhalt aus dem Abstellraum holen können. Es wäre vermutlich auch nicht weiter aufgefallen.

Fadimanim öffnet uns die Tür:

»Guten Abend, Fadimanim, ein fröhliches Fest wünsche ich dir. Euer Schornstein war zu eng für meinen Bauch, deshalb muss ich leider wie ein gewöhnlicher Sterblicher durch die Tür kommen«, sage ich.

»Das war aber wirklich nicht nötig, dass ihr euch in solche Unkosten gestürzt habt«, ruft sie mit einem gierigen Blick auf meinen Sack.

»Wenn ich meine Ladung nicht bald loswerden kann, halte ich es nicht länger aus«, stöhne ich.

»Osman, stell dich doch nicht so an. Wirklich wertvolle Sachen sind doch nie zu schwer zu tragen«, bemerkt meine Frau höchst schlitzohrig und tut bescheiden.

Ich schleppe meine Geschenke ins Wohnzimmer und schütte meinen Sack in der leeren Ecke neben dem aufwendig und grauenhaft kitschig geschmückten Weihnachtsbaum aus. Das ist die Stelle, wo wir immer unsere Geschenke hinschmeißen und uns später beim Weggehen ein Päckchen schnappen. Ich bin froh, dass ich als Erster dran bin. Wenn die anderen ihren Müll auch noch draufschütten, dann kann man unseren Ramsch zum Glück nicht mehr sehen.

Eine Stunde später haue ich beim Essen derart rein, dass ich mindestens zwei Kräne brauche, um wieder vom Esstisch hochzukommen. Und einen Sattelschlepper, um mich fortbewegen zu können. Ahmet und Nedim übernehmen den Part des Kranführers und wuchten mich mit viel Mühe hoch, wobei meine Augen und Gedanken immer noch gierig an den Köstlichkeiten auf dem Tisch haften bleiben. Meine Frau übernimmt die Rolle des Sattelschleppers und rollt mich bis auf den kalten Balkon, damit ich nicht das ganze Haus einsaue, falls ich gleich explodiere. Ich bin mir sicher, dass sich bisher noch kein schwer zu transportierendes Objekt auf diesem Planeten so viele Vorwürfe von seinem Sattelschlepper hat anhören müssen wie ich!

Aber das war erst der Anfang meiner Leiden an diesem denkwürdigen Weihnachtsabend. Wenn der gute Herr Jesus wüsste, was mir mal an seinem Geburtstag passieren würde, dann hätte er es sich bestimmt noch mal anders überlegt.

Ich hab das Gefühl, mein aufgeblähter Magen zerquetscht alle anderen Organe in meinem Bauch. Nach dem siebten kleinen Herzinfarkt auf dem Balkon, wobei sich kein Mensch um mich kümmert, rufen sie mich wieder rein.

Und was ich dann im Wohnzimmer schockiert beobachten muss, wollen weder meine Ohren glauben, noch meine Augen wahrnehmen.

Unser Gastgeber Ahmet hat sich ein Mikrofon geschnappt und stolziert vor dem Tannenbaum hin und her wie ein berühmter Fernsehmoderator. Seine Frau Fadimanim assistiert ihm dabei in einem unpassend kurzen Minirock als Hostess.

»Schönen guten Abend, meine sehr verehrten Damen und Herren, wir kommen jetzt zum nächsten offiziellen Programmpunkt der diesjährigen Weihnachtsfeier«, brüllt er in sein Mikro mit einem breiten Grinsen im Gesicht. Seine Frau setzt ihr verführerischstes Lächeln auf und klimpert ständig mit den künstlich angeklebten Augenwimpern. Ihre Wangen hat sie zur Feier des Tages passend zu der Farbe ihres Minirocks lila angemalt.

Zu meinem Entsetzen entdecke ich auf einmal, dass Hasan die ganze lächerliche Prozedur auch noch mit der Videokamera eifrig aufnimmt.

»Meine lieben Damen und Herren, der Höhepunkt des Abends steht bevor! Wir werden wie immer eine spannende Geschenkübergabe erleben. Meine Lebens- und Programmpartnerin Fadimanim wird mir die jeweiligen schönen Pakete überreichen, und ich verkünde, mit was für wertvollen Geschenken wir unsere Freunde an diesem herrlichen Weihnachtsfest überraschen und belohnen wollen.«

»Das ist doch Schwachsinn, ich protestiere!«, rufe ich, wobei ich einen kräftigen Rülpser kaum unterdrücken kann. »So feiert kein Mensch Weihnachten! Heute ist Jesus' Geburtstag und nicht seine Hochzeit! Und selbst wenn heute seine Hochzeit wäre, da bin ich mir ziemlich sicher, würden die Palästinenser sie nicht mit so einem lächerlichen Tamtam wie die Türken feiern!«

»Jesus war doch kein Palästinenser! Im Grunde seines Herzens war er Deutscher; im schlimmsten Fall war er ein Bayer! Würden denn die Deutschen sonst irgendeinen Araber als Gottessohn anbeten?«, werde ich zurechtgewiesen.

»Osman, sei ruhig, du störst die fröhliche Veranstaltung«, flüstert mir Eminanim, die den Ernst der Lage immer noch nicht kapiert hat, böse ins Ohr. Sie versucht sich die ganze Zeit wegen der Kamera hübsch zu machen und elegant in Pose zu werfen.

»Hört auf mit dem Blödsinn! Kein einziger Deutscher feiert so Weihnachten«, rufe ich wieder.

»Woher willst du denn das wissen, bist du jemals von einem Deutschen zu Weihnachten eingeladen worden?«, fragt Nedims Frau Hümeyranim höchst hinterhältig.

»Aber was soll das mit dem Geschenke-Vorlesen? So was haben wir doch noch nie gemacht«, stottere ich.

»Doch, seit letztem Jahr! Da haben wir einstimmig die Weihnachtsregeln geändert«, gibt Ahmet über sein Mikro bekannt.

»Das dürft ihr doch nicht machen! Ihr könnt doch nicht einfach Jesus' Geburtstag türken! Er würde sich ja im Grab umdrehen, wenn er nicht schon zum Himmel geflogen wäre.«

»Ich bin mir ganz sicher, wo er auch immer sein mag, dass er unserer Zeremonie höchst wohlwollend und gespannt zuschaut«, beendet Ahmet kalt lächelnd unsere Diskussion und ruft seiner aufgetakelten Hostess zu, »Fadimanim, mein Engel, kannst du mir bitte das erste Geschenk überreichen, wir wollen jetzt loslegen.«

In dem Moment bekomme ich erneut einen Schock! Denn unsere Geschenke liegen immer noch einsam und allein in der Ecke, in die ich sie geschmissen habe. Alle anderen Leute schützen ihre Geschenke wie Kronjuwelen.

Fadimanim stolziert mit ihrem lächerlichen Minirock und der knallroten Mütze auf dem Kopf zu Nedim, und er übergibt ihr den großen Koffer, den er und seine Frau mit viel

Mühe reingeschleppt haben. Ahmet fischt daraus einen sehr geschmackvoll eingepackten Karton und liest die Karte darauf vor:

»Für meinen lieben Kollegen Hasan. Alles Liebe zu Weihnachten wünschen dir Nedim und Hümeyranim.«

Alle Leute klatschen. Nedim und Hümeyranim nehmen die Beifallsstürme elegant und stolz mit einer kleinen Verbeugung an.

»Oh, oh, da scheint ja was ganz Wertvolles drin zu sein«, brüllt Ahmet in sein Mikro, während er und seine Frau das Geschenk aufmachen. »Meine Damen und Herren, es ist unglaublich, was für ein wunderhübsches Geschenk Hasan bekommt. Ein Disainer-Sakko ... jawohl, ein sehr schönes, teures, schickes Sakko. Komm, Hasan, zieh es an.«

Hasan läuft unter Beifallsstürmen in die Mitte, und die Hostess hilft ihm in die Jacke. Wie ein Topmodel läuft er vor dem Weihnachtsbaum hin und her, und der Beifall will einfach kein Ende nehmen. Hasan und Nedim, also der Schenkende und der Beschenkte, umarmen und küssen sich leidenschaftlich. Unzählige Blitzlichter halten diesen schwachsinnigen Moment fest, und Videokameras surren um die Wette.

Danach greift Ahmet noch mal in Nedims Koffer. Er holt einen schmucken Karton heraus und schüttelt ihn geheimnisvoll.

»Oooh, ein Geschenk für Osman von Nedim und Hümeyranim, die ihn über alles lieben«, liest Ahmet von der Karte ab.

Irgendwelche Hände schubsen mich in die Mitte, und die Hostess reißt die Packung auf.

»Ein Paar Schuhe, ein Paar wunderhübsche braune Stiefel mit echtem Lammfellfutter«, brüllt Ahmet wie ein Geisteskranker in sein Mikro. »Osman, du Glückspilz, du wirst nie wieder kalte Füße bekommen.«

Dafür bekomme ich einen knallroten Kopf! Die Hostess liegt mir zu Füßen und hilft mir in die neuen Stiefel. Nedim, mein Gönner, kommt angelaufen und schnappt sich das Mikro:

»Los, Osman, lauf mal ein bisschen, ob sie auch bequem genug für dich sind. Sonst kannst du sie umtauschen, hier ist der Kassenbon über die 240 Euro, die ich für dich bezahlt habe!«

Der Beifall kennt keine Grenzen. In meinem ganzen Leben habe ich für alle meine Schuhe zusammen nicht so viel Geld ausgegeben.

»Eminanim, woher weiß der verdammte Idiot, dass ich solche Stiefel brauche?«, frage ich leise meine Frau.

»Das weiß ich auch nicht, aber die haben letztens angerufen und mich ein bisschen ausgefragt, aber woher sollte ich denn wissen, dass sie so was Hinterhältiges planen?«, zischt Eminanim, die mittlerweile kapiert hat, in was für eine bösartige Falle wir diesmal gelaufen sind!

An diesem Abend bekomme ich nach und nach alles, was ich mir schon seit Jahren gewünscht habe, aber nie leisten konnte.

Meine Frau bekommt Geschenke, von denen sie noch nicht mal zu träumen gewagt hat. Bei jedem neuen herrlichen Geschenk schießen uns die Tränen in die Augen. Aber nicht vor Rührung und Dankbarkeit, wie alle anderen glauben.

Brutal, wie er ist, hält mir Ahmet das Mikro unter die Nase, damit mein Schluchzen als Höhepunkt des Tages auch im Video zu sehen und zu hören ist. Aber der Höhepunkt des Abends kommt leider noch! Nämlich nachdem alle anderen Leute ihre teuren Geschenke losgeworden sind, die Ahmet wie ein Marktschreier lauthals angepriesen hat, und die Beschenkten und die Schenker sich jedes Mal unter dem tobenden Beifall gegenseitig abgeknutscht haben.

»So, Osman, wo sind jetzt eure Geschenke?«, ruft Ahmet scheinheilig in sein Mikro. Alle Augen richten sich gierig auf mich. Ich bekomme keinen Ton heraus.

»Hallooo, Osman, nicht einschlafen, das Weihnachtsfest geht noch weiter! Wo sind eure Geschenke?«

Ich deute stumm mit dem Kopf auf den Haufen in der Ecke. Die Hostess stöckelt elegant hinüber und fischt mit zwei langen Fingern eins unserer Päckchen heraus.

Der erbarmungslose Marktschreier öffnet es sofort:

»Wir sind gespannt, meine Damen und Herren, was uns unsere lieben Freunde, Osman und Eminanim, so Wunderschönes schenken werden!«

Dann hält er verdattert eine leere Rasierwasserflasche in der Hand.

»Osman, was ist das?«, brüllt er mit Sicherheit noch zwei Straßen weiter hörbar.

»Öhm … eh … Rasier… wa… wasser … muss wohl auf dem Weg hierher ausgelaufen sein!«, stottere ich mit hochrotem Kopf und wünsche mir auf der Stelle wie Jesus in den Himmel zu verschwinden. Oder wenigstens, dass sich die Erde auftut, damit ich darin versinken kann.

Ahmet genießt die Situation förmlich:

»Ein ganz tolles Geschenk, Osman, für wen war diese leere Flasche denn gedacht?«

»Für Nedim«, murmele ich.

Er hält mir sofort wieder sein Mikro unter die Nase:

»Osman, sag bitte noch mal laut und deutlich, für wen du hier leere Flaschen anschleppst!«

»Für Nedim …«

»Für Nedim, sagst du also? Für deinen lieben Freund und Kameraden Nedim, der dir gerade 240-Euro-Stiefel mit Lammfellfutter geschenkt hat? Meinst du, für diesen Nedim?«

»Öhm … hm …«

»Für den selbstlosen Nedim, der monatelang Überstunden geschoben hat und seine Frau und die Kinder wochenlang nicht zu Gesicht bekam, damit du im kalten Winter schöne warme Füße hast?«

»……………«

In der Zwischenzeit hat die Hostess, gemein, wie sie ist, hinter meinem Rücken noch weitere Geschenke ausgepackt.

»Sei ehrlich, Osman, für wen ist denn diese alte Fernsehzeitschrift aus der Steinzeit gedacht? Seid ihr etwa schon so lange unterwegs, dass sie auf dem Weg hierher abgelaufen ist?«, schimpft er böse.

»Ögh … mmngh …«

»Osman, ich frag noch mal, für wen ist dieses Altpapier?!«

»Für … für … ich weiß es nicht mehr …«

Nachdem alle unsere »Geschenke« ausgepackt sind, gucken unsere Freunde nicht mehr so freundlich und entspannt.

Ich glaube, wenn der gute Herr Jesus nicht sofort persönlich erscheint, werde ich bestimmt gelyncht.

Aber die Folter will kein Ende nehmen. Ich sehe, wie Fadimanim angeekelt und völlig aufgeregt die zur Hälfte aufgebrauchte Klopapierrolle in die Luft hält.

Ein unglaubliches Staunen geht durch die Runde.

Ich befürchte, jetzt kann mich nicht mal mehr Jesus retten!

EIN GESCHENK-GUTSCHEIN?
...FÜR EINEN GESCHENKGUTSCHEIN
TIL

Nasreddin Hodca und der Weihnachtsmann

Sie kennen doch sicher die berühmte Geschichte mit den Kochtöpfen von Nasreddin Hodca, nicht wahr?

Wie bitte, Sie wissen nicht mal, wer Nasreddin Hodca ist?

Also, Nasreddin Hodca ist für die Türken, ach was, für den ganzen Orient, so was Ähnliches wie der Till Eulenspiegel für die Deutschen.

Was, Sie kennen Till Eulenspiegel auch nicht? Auch egal, Sie brauchen sich nicht zu schämen, der hat mit unserer Geschichte sowieso nichts zu tun.

Also, wie alle Vergleiche hinkt dieser Vergleich natürlich auch ein bisschen, weil der Nasreddin Hodca nämlich im türkischen Alltag mit seinen witzigen Anekdoten viel stärker verwurzelt ist als Till Eulenspiegel bei den Deutschen. Obwohl er vor sehr langer Zeit, ungefähr um das Jahr 1200 herum, in Anatolien gelebt hat. Und mit seinem langen roten Kaftan und seinem schneeweißen langen Bart sah er wie der deutsche Weihnachtsmann aus.

Und die Geschichte von ihm mit den Töpfen ist momentan die Lieblingsgeschichte von meiner kleinen Tochter Hatice. Die will sie immer hören. An Weihnachten, an Ramadan und insbesondere am Tag der Deutschen Einheit. Und die geht so:

Mitten im Winter stapft eines Tages Nasreddin Hodca durch den Schnee zu seinem Nachbarn im Dorf und klopft bei ihm an die Tür. (Das ist für Hatice die einzige unbegreifliche

Stelle in dieser Geschichte. Sie fragt mich jedes Mal: »Papa, warum klopft er an die Tür? Warum klingelt er nicht? Hat das eine besondere Bedeutung?« Ich will den Fluss der Geschichte natürlich nicht stören und sage, um es kurz zu machen und natürlich auch in der Hoffnung, dass sie eine Lehre daraus ziehen würde: »Hatice, wahrscheinlich ist es bereits spät am Abend, und er will nicht die ganzen Leute im Haus stören und denen auf den Wecker gehen. In der Hinsicht unterscheidest du dich sehr von Nasreddin Hodca.«)

»Guten Abend, mein lieber Nachbar, ich bin's, Nasreddin«, ruft er.

Der Nachbar macht freundlich die Tür auf und lächelt:

»Guten Abend, Nasreddin Hodca, komm rein, lass uns bei der Kälte zusammen einen schönen, warmen Tee trinken.«

»Danke, Nachbar, dafür habe ich heute leider keine Zeit. Kannst du mir aber bitte deinen großen Kessel ausborgen?«, fragt Nasreddin Hodca auch sehr freundlich.

»Selbstverständlich, hochverehrter Hodca, warte nur, ich hole ihn gleich«, ruft der Nachbar, sagen wir mal, der Nachbar Nusreddin. (Eigentlich ist der Name von dem hilfsbereiten Nachbarn nicht überliefert. Aber wir geben ihm vorsichtshalber doch einen Namen, um ihm dadurch eine stärkere Persönlichkeit zu verleihen. Und damit die Deutschen und die Hatices dieser Welt diese Geschichte besser verstehen. Außerdem: Nasreddin und Nusreddin passen doch wirklich sehr gut zusammen.)

Nachdem Nasreddin Hodca den Kessel überreicht bekommen hat, bedankt er sich ganz artig, wünscht dem freundlichen Nachbarn Nusreddin noch einen guten Tag und verabschiedet sich.

Nach ein paar Tagen stapft Nasreddin Hodca mit dem großen Kessel auf dem Rücken wieder durch den herrlich weißen Schnee, tritt aus Versehen gegen zwei Schneemänner, die die Kinder im Dorf gerade erst mühsam gebaut haben, und klopft erneut an die Tür von seinem Nachbarn Nusreddin.

(»Papa, jetzt ist doch tagsüber, warum klopft er denn schon wieder?«

»Hatice, stell dir mal vor, es gibt so unglaublich höfliche Leute, die wollen ihre Mitmenschen nicht mal am helllichten Tag stören! Du hättest natürlich unaufhörlich geklingelt oder mit den Füßen gegen die Tür getreten.«)

Nasreddin Hodca ruft sehr herzlich:

»Danke, mein lieber Nachbar Nusreddin! Tausend Dank für den schönen Kessel. Du hast mir sehr geholfen. Hier hast du ihn wieder.«

»Hochverehrter Nasreddin Hodca, das freut mich aber sehr, dass ich dir helfen konnte. So eilig brauchtest du den Kessel aber nicht zurückzubringen. Ich brauche den zur Zeit nicht«, sagt der Nachbar Nusreddin mit strahlenden Augen. In Wirklichkeit ist er natürlich sehr froh, dass er seinen teuren Kessel wieder heil zurückbekommen hat. Aber er tut so, als freue er sich riesig über das Wiedersehen mit seinem Nachbarn und nicht mit seinem Bottich. Danach bekommt er noch glänzendere Augen, als er in seinem Kessel zusätzlich noch einen kleinen Topf erblickt.

»Lieber Nasreddin Hodca, was ist denn das hier? Deine dusselige, ich meine, deine liebe Frau hat offenbar einen kleinen Topf in meinem Bottich vergessen.«

Nasreddin Hodca aber klatscht fröhlich in die Hände und ruft:

»Du wirst es nicht glauben, mein lieber Nachbar Nusreddin, ich hab eine sehr frohe Botschaft für dich. Halt dich bloß fest: Dein Kessel hat ein Junges geboren! Nämlich einen gesunden, süßen kleinen braunen Topf samt einem noch süßeren niedlichen Deckelchen!«

Der Nusreddin bekommt große Augen und stottert:

»Wie? Mein Kessel hat einen kleinen Topf geboren, sagst du?«

»Aber mein guter alter Nachbar, was ist daran denn so schwer zu verstehen? Frauen gebären Kinder, Rinder gebären Kälber, Kessel gebären Töpfe. So sind die Gesetze der Natur!«

»Hochverehrter Nasreddin Hodca, Frauen gebären Kinder, Rinder gebären Kälber, das weiß ich auch. Aber wie kann denn ein Kessel einen Topf gebären?«

»Mein lieber Nachbar, frag mich nicht, wie ein Kessel einen Topf gebären kann. Ich war bei der Geburt nämlich gar nicht dabei. Ich weiß ja nicht mal, wie die Frauen die Kinder gebären. Aber ich weiß ganz genau, dass dein Kessel geboren hat, meine Frau war nämlich bei der Geburt dabei. Und hier hast du deinen Mutter-Kessel und den kleinen Bäbie-Topf. Beide gehören dir.«

Die Augen von Nachbar Nusreddin glänzen und funkeln. Er grinst vor Freude und seine Zähne funkeln und glänzen auch. Das Schimmern des sauberen weißen Schnees unter der hellen Sonne hat keine Chance dagegen.

»Danke, vielen herzlichen Dank, hochverehrter Nasreddin Hodca. Wenn du das sagst, dann glaube ich dir das selbstverständlich gerne. Also, auf Wiedersehen, mein guter Nachbar, hochverehrter Nasreddin Hodca. Besuch mich bald mal wieder!«

(An dieser Stelle der Geschichte hat Hatice noch nie gestutzt. An eine Türe anzuklopfen ist für sie immer noch unglaublicher, als wenn Töpfe irgendwelche unehelichen Kinder kriegen.)

Nach einigen Tagen stapft also der edle Nasreddin Hodca mit seinem dicken Bauch schon wieder über den schimmernden Schnee, diesmal ohne die Schneemänner der Kinder platt zu treten, und klopft tatsächlich noch mal an die Tür des Nachbarn.

»Lieber Nachbar Nusreddin, ich bin's wieder, Nasreddin!«

»Ooh, schön, dich zu sehen, mein werter Nachbar Nasreddin Hodca. Willkommen, womit kann ich dir denn diesmal helfen? Komm rein, Tee trinken.« Er schlägt sich mit der Hand ein paar Mal zärtlich auf seinen Bauch, um zu zeigen, dass er bereits ein paar Gläser des köstlichen warmen Getränks getrunken hat.

»Danke, mein lieber Nachbar, ich hab schon genug Tee getrunken. Ich störe dich wirklich nicht gerne, und hoffentlich findest du es nicht unverschämt, aber ich brauche noch mal deinen Kessel. Was meinst du, kannst du ihn mir erneut ausleihen?«

»Aber natürlich, Nasreddin Hodca, was ist das denn für eine unnötige Frage? Selbstverständlich bekommst du wieder meinen Kessel. Warte mal kurz, ich hole ihn sofort für dich! Auf jeden Fall ist er zurzeit nicht schwanger.«

Nasreddin Hodca packt den riesigen Bottich auf seinen Rücken und zwinkert mit den Augen:

»Du hast Recht, zurzeit ist er nicht schwanger. Aber wer weiß, was er bei uns wieder anstellt.«

Danach vergehen viele Wochen und Monate, und es vergeht kein Tag, an dem der Nachbar Nusreddin nicht davon träumt, seinen großen Bottich endlich wieder zusammen mit einem neuen glänzenden Topf in Empfang zu nehmen.

Aber weder der Nasreddin Hodca noch sein Kessel, geschweige denn süße, kleine neugeborene Töpfchen mit noch süßeren Deckelchen lassen sich blicken. Selbst der schöne weiße Schnee hat sich schon längst verabschiedet und hat lediglich dreckigen Matsch hinterlassen.

An jedem Tag, an dem sich der Nasreddin Hodca nicht blicken lässt, macht sich der Nachbar Nusreddin unheimlich große Sorgen. Aber nicht um den Nachbarn, sondern um seinen Kessel und um die eventuell und hoffentlich geborenen kleinen Töpfchen.

Als die Sehnsucht dann unerträglich wird, steht er nun von seinem Fensterplatz auf, von wo aus er jeden Tag von morgens bis abends Nasreddin Hodcas Erscheinen mit seinem heißgeliebten Kessel auf dem Rücken mit Spannung erwartet, und geht selber zu ihm.

(»Hatice, mein Kind, daher kommt auch der Spruch: Wenn der Topf nicht zu dir kommt, dann musst du halt zum Topf!« Ich wollte die Sprichwortkenntnis meiner kleinen Tochter testen, aber es kam keine Reaktion, was mich auch nicht besonders überraschte.)

Diesmal klopft also zur Abwechslung der Nachbar an die Tür von Nasreddin Hodca.

»Guten Tag, mein lieber Nasreddin Hodca, ich bin's, dein Nachbar Nusreddin, der dir den schönen großen Kessel ausgeliehen hat!«

»Ooh, willkommen, mein lieber Nachbar Nusreddin, willst du nicht erst mal reinkommen und Tee trinken?«, empfängt Nasreddin Hodca seinen Nachbarn genauso höflich, wie er selber von ihm immer empfangen wurde. Aber wenn man genau hinhört, dann klingt schon ein leiser Unterton von Traurigkeit in seiner Stimme mit.

»Danke, mein lieber Nachbar, aber ich hab heute wirklich schon genug Tee getrunken«. Wieder schlägt er mit der Handfläche zärtlich auf seinen dicken Bauch – durch monatelanges Sitzen am Fenster hatte er sehr viel Fett angesetzt – um zu verdeutlichen, dass er schon reichlich von dem wärmenden, schmackhaften Getränk in sich geschüttet hat und es nicht erwarten kann, endlich mit seinem lange vermissten Kessel und den möglichen Kindern ein fröhliches Wiedersehen zu feiern.

(Also wenn ein Türke zu Ihnen sagt, er hätte schon genug Tee getrunken, dann können Sie ihm das wirklich beruhigt abnehmen. Sie werden jetzt sicherlich einwenden, ach, so viel können die doch gar nicht trinken, mit ihren winzig kleinen Gläsern. Darauf kann ich nur sagen: Doch, können sie wohl! Wenn man nämlich von diesen winzig kleinen Gläsern 40 bis 50 Stück am Tag trinkt, dann läppert sich schon einiges zusammen.)

»Mein lieber Nachbar Nusreddin, du willst nicht reinkommen, du willst nicht Tee trinken. Sag mir bitte, wie kann ich dir denn sonst helfen? Weil, so oft besuchst du mich ja auch nicht, dass ich des Öfteren die Gelegenheit bekäme, meinem lieben Nachbarn meine überall bekannte und hochgeschätzte Gastfreundschaft zu demonstrieren.«

»Ist schon gut, hochverehrter Nasreddin Hodca. Ich störe dich wirklich nicht gerne, aber ich hatte dir doch vor vielen, vielen Monaten meinen hübschen Kessel geborgt. Ich bin sicher, dass du dich noch dran erinnerst. Wenn du ihn nicht mehr brauchst, würde ich ihn jetzt sehr gerne wieder zurückhaben.«

Der Nasreddin Hodca macht plötzlich ein todtrauriges Gesicht, beugt seinen Kopf langsam nach rechts und streift mit der linken Hand seinen langen weißen Bart mehrere Male sehr nachdenklich. Danach sagt er mit bebender und bedrückter Stimme:

»Ach, mein lieber Nachbar Nusreddin, wie schrecklich doch das alles ist. Du musst jetzt sehr stark sein. Es ist nämlich in unserem hübschen kleinen Dorf etwas sehr Tragisches passiert. Es tut mir von ganzem Herzen Leid, aber dein armer Kessel ist von uns gegangen.«

»Waaas? Nasreddin Hodca, was sagst du denn da?«

»Ja, mein lieber Nachbar, dein tapferer Kessel ist leider gestorben. Herzliches Beileid! Aber ich kann dich beruhigen, er musste nicht allzu viel leiden!«

»Aber Nasreddin Hodca, was soll denn das? Wie soll denn ein Kessel sterben?«

»Natürlich kann ein Kessel sterben, mein lieber Nachbar Nusreddin. Alles auf dieser verlogenen Welt ist doch vergänglich! Menschen sterben, Esel sterben, Kessel sterben! Nicht mal der große Sultan Süleyman lebte ewig!«

»Ach, Hodca, das ist doch Blödsinn! Daran glaube ich einfach nicht! Mein großer, superteurer Kessel kann doch nicht mit nichts, dir nichts einfach so sterben!«

»So, so, Blödsinn also! Du glaubst also nicht daran, dass dein Kessel sterben kann. Das habe ich jetzt wirklich sehr, sehr gerne! Dass dein Kessel einen gesunden kleinen Topf geboren hat, daran hast du geglaubt und den neuen schönen glänzenden Topf gierig und mit noch glänzenderen Augen sofort eingesackt, nicht wahr? Warum glaubst du dann jetzt nicht, dass er gestorben ist, du ungläubiger Nusreddin?«

Nachdem Hatice diese Geschichte mehrmals in Folge zu hören bekommen hat, gibt sie wieder ein bisschen Ruhe damit. Dafür läuft sie dann sofort wieder zu ihren grauenhaften

Weihnachtsgeschenken, die mit Sicherheit die lautesten Spielzeuge sind, die je ein Kind bekommen hat, ach was, das sind mit Sicherheit die lautesten Spielzeuge, die jemals auf der Welt produziert wurden. Wenn man von den Spielzeugen für die Militärs absieht, mit denen die noch viel schlimmeres Unheil anstiften.

Das meiste von diesen Foltergeschenken hat Hatice von meiner Schwiegermutter bekommen. Ich glaube, die sucht sie nicht für Hatice, sondern gegen mich aus. Aus Traktoren werden Panzer, aus Panzern werden Maschinengewehre, und aus Harmonie und Besinnlichkeit an Weihnachten wird schon wieder der reinste Stress.

Als Hatice für eine kurze Zeit Ruhe gibt und zu ihrer Freundin Selma geht, sammle ich sofort alle ihre Spielzeuge in der ganzen Wohnung ein und verstecke sie sorgfältig unten im Keller.

Diese fünf Minuten, bevor sie wieder zurück ist, werden die erholsamsten fünf Minuten der ganzen Feiertage. Als sie wieder da ist, bemerkt sie natürlich sofort den tragischen Verlust ihrer Folterapparate und brüllt:

»Papaa, wo sind denn all meine neuen schönen Spielzeuge? Ihr Diebe, was habt ihr mit denen denn gemacht?«

»Hatice, mein Kind, kurz nachdem du weg warst, kam der Weihnachtsmann erneut durch den Schornstein und hat alle deine Spielzeuge wieder mitgenommen. Er fragte, wo du bist und wann du kommst, und da ich nicht genau wusste, wann du wieder da sein würdest, konnte ich ihm natürlich nichts Bestimmtes sagen. Er hat ein bisschen auf dich gewartet, ein Glas Tee getrunken, ist dann aufgestanden und hat gesagt, dass er leider jetzt keine Zeit mehr hat und dass es auf der ganzen Welt viel ärmere Kinder gibt, die überhaupt keine Geschenke abgekriegt haben und die noch sehnsüchtig auf ihn warten würden. Aber dieses Jahr sei er irgendwie verschwenderisch mit den Geschenken umgegangen, und alle seine Vorräte seien vorzeitig erschöpft gewesen. Deswegen müsse er, so Leid es ihm auch tue, alle Spielzeuge, die er dir geschenkt hat, wieder zurücknehmen. Ein Paar alte Spielzeuge hab ich ihm als Zugabe dazugeben. Ich denke, das hättest du auch so gemacht, meine gutmütige Tochter Hatice.«

»Papa, was tischst du mir denn für eine blödsinnige Geschichte auf? Macht keine Zicken und rück freiwillig meine Spielsachen raus, bevor ich das ganze Haus zusammenbrülle. Meine Freundin Selma hat grade gesagt, dass es doch gar keinen Weihnachtsmann gibt! Ich glaube nicht an solche Kindermärchen!«

»So, so, als der liebe, alte, gute Weihnachtsmann dir viele, schöne, neue Geschenke gebracht hast, da hast du an ihn geglaubt und mit glänzenden Augen all die schönen Sachen sofort eingesackt. Aber wenn er jetzt leider wieder welche mitnehmen muss, dann glaubst du plötzlich nicht mehr an ihn, oder was, du ungläubige Hatice?!«

FEUERWEHR
DAS WÄR NICHT NÖTIG GEWESEN! WIR MACHEN AUCH HAUSBESUCHE.
NOTARZT
112

Der Weihnachtsknaller

Ich habe den Eindruck, dass man das Weihnachtsfest nur für meine Frau Eminanim erfunden hat. Da bekommt sie die Möglichkeit, vor sehr vielen Leuten ihre grandiosen Kochkünste zu präsentieren, und wird von jedem Gast für jeden einzelnen Gang frenetisch gefeiert. Mich lobt natürlich immer kein Mensch, obwohl ich die ganzen leckeren Sachen einkaufen und nach Hause schleppen muss. Eminanim braucht das Zeug nur in den heißen Ofen zu schieben, den ich natürlich vorher wieder angemacht habe, denn die Dame des Hauses befürchtet ja, sich kurz vor Heiligabend am Gasofen die Frisur zu verkohlen.

Aber ich will mich trotzdem nicht beschweren. Diese Anerkennung, die Eminanim durch meine Schwerstarbeit bekommt, ist sozusagen mein zusätzliches Weihnachtsgeschenk an sie, das leider irgendwie nicht entsprechend gewürdigt wird.

Dafür erfahre ich ja auch ständig Lob und Anerkennung bei meiner Arbeit in Halle 4. Und wenigstens wird es mir dort nicht so laut und schmatzend mit vollem Munde entgegengebracht wie Eminanim. Eigentlich wird es nicht mal leise ausgesprochen. Aber tief im Inneren spüre ich, dass meine Arbeit von meinem Meister Viehtreiber und von meinen Kollegen in hohem Maße geschätzt wird. Obwohl Viehtreiber mir regelmäßig mindestens einmal die Woche droht, mich demnächst endgültig rauszuschmeißen, weil ich so eine faule Sau bin. Aber das meint er natürlich nicht wirklich ernst. Zumindest nicht jedes Mal!

Aber genug ist genug! So viel Ungerechtigkeit, ausgerechnet am Fest der Liebe, kann ich nicht mehr ertragen! Deshalb habe ich mir vorgenommen, diesmal meiner Frau endgültig die Schow zu stehlen. Wenn sich dann plötzlich die ganzen strahlenden Blicke sabbernd und rülpsend auf mich richten, dann wird sie hoffentlich merken, wie ich all die Jahre unter der offenkundigen Missachtung leiden musste.

Also, ich habe mir vorgenommen, Maronen zu rösten!

Das sind diese an kalten Winterabenden herrlich schmeckenden Dinger mit der braunen Schale, auch bekannt unter ihrem Mädchennamen »Kastanien«! Diejenigen von ihnen, die sich ständig in feineren Gegenden aufhalten, nennt man auch Edelkastanien. Und genau von dieser teuren und edlen Sorte habe ich zwei Kilo gekauft und sie sorgfältig im Keller versteckt.

An Heiligabend ist bei uns die Hütte wie immer brechend voll. Alle Freunde und Nachbarn sind eingeladen. Auch die, die ich nicht eingeladen habe, sind gekommen. Mein Nachbar und Arbeitskollege Ahmet und seine Frau Fadimanim, unser gemeinsamer Freund Nedim und seine Gattin Hümeyranim, Hasan und Gülsümanim, Ertac und Semanim, Oma Fischkopf von der oberen Etage und Opa Prizibilsky von unten.

Es wird wie immer drei Stunden lang gegessen und vier Stunden lang gelobt. Meine Frau natürlich! Ich lasse Eminanim mit ihren Fäns alleine und gehe in den Keller, um meinen Schatz auszugraben. Heimlich transportiere ich die Kastanien in die Küche. Ich schütte sie auf ein großes Blech und schiebe das Ganze in den noch warmen Ofen rein, aus dem meine Frau vor einigen Stunden die Weihnachtsgans rausgeholt hat. Danach laufe ich wieder ins Wohnzimmer und höre mir weiterhin die nicht enden wollenden Schleimereien meiner Bekannten an.

Diese Situation wird selbst Eminanim langsam zu peinlich, und sie versucht, das Thema zu wechslen:

»Kinder, wie schade, dass wir dieses Jahr wieder keine weiße Weihnacht haben. Ich hatte es mir so gewünscht!«

»Warum hast du es mir all die Jahre verheimlicht, Eminanim, dass du dir sehnlichst weiße Weihnachten wünschst? Wenn du es nur kurz erwähnt hättest, hätte ich deinen Wunsch längst erfüllt und dafür gesorgt, dass es für dich ein bisschen hübsch schneit«, rufe ich und mache die Wohnzimmertür zu. Denn die Maronen duften bereits köstlich bis in den Flur. Ich will nicht, dass meine große Überraschung vorher auffliegt. Meine Frau schnüffelt wie ein Spürhund schon sehr verdächtig in der Gegend rum.

Gleich bin ich der Star! Die werden aber staunen!

Fünf Minuten später husche ich in die Küche und ziehe mir sofort die dicken Arbeitshandschuhe an. Vorsichtig ziehe ich mit beiden Händen das Blech aus dem heißen Ofen, auf dem die leckeren Maronen um die Wette duften. Mit dem Knie öffne ich die Wohnzimmertür, und mit stolzgeschwellter Brust betrete ich die Arena:

»Tata tata taaaaaa, die gerösteten Maronen sind daaaaa!«

Ich kann mich an den verblüfften Gesichtern unserer Gäste gar nicht mehr satt sehen. Sogar Eminanim bekommt den Mund nicht mehr zu.

Der leibhaftige Weihnachtsmann Hand in Hand mit dem Christkind und Knecht Ruprecht hätten nicht für größere Überraschung sorgen können.

»Meine sehr geehrten Damen und Herren, liebe Gäste, das sind die leckersten Maronen der Welt! Hier für Sie präsentiert von ihrem Chefkoch Osman«, rufe ich vor Glück bebend in die Runde. »Diesen Knaller habe ich mir als i-Tüpfelchen dieses gelungenen Weihnachtsabends ausgedacht. Wie ich sehe, hat meine Überraschung einen Bombeneffekt …«. Bevor ich meinen Satz vollenden kann, explodiert eine der Kastanien vor meiner Nase mit einem Höllenlärm und knallt wie eine echte Bombe an die Wohnzimmerdecke. Gleich danach noch eine, und noch eine, und noch eine, und noch eine! Die Dinger explodieren in alle Richtungen gleichzeitig. Eminanim schreit panisch:

»Rette sich, wer kann!«, und wirft sich unter dem Tisch. Alle verstecken sich. Einige hinter dem Sofa, einige unter dem Tisch. Die dort keinen Platz mehr finden, werfen sich mit dem Gesicht nach unten auf den Boden. Diejenigen, die vor lauter Schreck nicht mal aufstehen können, halten sich Sofakissen vor den Kopf.

Ich schmeiße das Tablett weg und bedecke mein Gesicht mit den Armen, um kein Geschoss abzubekommen.

Innerhalb weniger Sekunden explodieren über hundert Kastanien. Die Scheiben vom Wohnzimmerschrank und mehrere Vasen gehen mit lautem Getöse zu Bruch. Die teuren Gläser der großen entspiegelten Bilderrahmen an der Wand platzen geräuschvoll. Alle Teller sind voll mit Scherben.

Und mit einem ohrenbetäubenden Getöse kippt auch noch unser bildhübscher Weihnachtsbaum um! Die ganzen schönen Kugeln, Silberglocken, Goldlametta, Perlenketten, Zwerge und die vielen brennenden Kerzen liegen plötzlich auf dem sauberen Teppich. Kerzenwachs bedeckt die ganzen Geschenkpackungen. Die Krippe fängt Feuer! Alle rennen um ihr Leben! Viele der Hirten fallen leblos um, die hilflosen Schafe werden bei lebendigem Leibe geröstet. Unser vor kurzem noch so gemütliches Wohnzimmer verwandelt sich in ein einziges Schlachtfeld! Ich lösche mit mehreren Flaschen Obstsaft und drei Litern Rotwein das Feuer.

Nachdem auch die letzte Bombe mit großem Lärm detoniert ist, kehrt kurze Zeit später eine himmlische Stille ein. Nur da und dort schneit es noch ein bisschen Kastanie. Zurzeit traut aber keiner dem Braten.

Nach einer Weile kommt einer nach dem anderen aus seinem Bunker herausgekrabbelt.

Als Erste findet Eminanim ihre Sprache wieder:

»Osman, du Blödmann, was hast du schon wieder angestellt? Warum hast du mich denn vorher nicht gefragt? Jedes Kleinkind weiß doch, dass man die Maronen vorher ein bisschen einschneiden muss, bevor man sie in den Ofen schiebt!«

Eminanims Frisur ist genauso wie das ganze Zimmer unter einer weißen Schicht begraben. Die explodierten Kastanien sind wie Neuschnee heruntergerieselt.

»Eminanim, du bist aber so was von undankbar«, versuche ich die Situation zu retten, »hast du dir nicht eben weiße Weihnachten gewünscht? Hier hast du sie! Ich tue doch alles für dich!«

»Danke für die prompte Erfüllung meiner Wünsche, Osman. Aber eigentlich hatte ich mir weiße Weihnachten draußen gewünscht und nicht in meinem Wohnzimmer. Wer macht jetzt hier sauber?«

»Übrigens, geknallt wird erst an Silvester, nicht an Weihnachten«, ruft Ertac.

Mit großen Augen betrachte ich das unglaubliche Ausmaß der unerwarteten Katastrophe. Mit Schrecken stelle ich fest, dass auch Maria und Josef dem heimtückischen Angriff der Killerkastanien zum Opfer gefallen sind. Josef ist von mehreren blauen Kugeln und von einer Silberglocke gleichzeitig getroffen worden, und Maria wurde brutal von einer dicken Kuh platt gedrückt. Aber beide haben trotzdem ein sehr zufriedenes Lächeln auf dem Gesicht. Die beiden sind überglücklich, dass sie die Geburt ihres Sohnes doch noch miterlebt haben. Und Jesus selber? Was macht bloß das Christkind?

Allah sei Dank, er hat's überlebt! Der Messias hat das Massaker schadlos überstanden! Ein Zeichen Gottes!

Voller Freude schreie ich mein Glück in die Welt hinaus:

»Leute, ein Wunder ist geschehen: Jesus lebt!«

Heiligabend ist Deutschland zu

An Heiligabend ist Deutschland geschlossen!

Das ganze Land ist dicht! Aber davon später mehr!

Ich fange meine Erzählung damit an, dass meine liebe Frau Eminanim es wieder irgendwie hingekriegt hat, unsere ganzen Kinder loszuwerden.

Wenn am Ende ein paar Urlaubstage winken, bringt sie es doch jedes Mal fertig, unsere Kinder – von denen sie sich sonst nach eigenen Angaben keine Sekunde trennen kann – bei Großeltern, Nachbarn, irgendwelchen Freunden, beim Hausmeister, im Waisenhaus oder im Tierheim unterzubringen. Ob sie wollen oder nicht! Mit wollen meine ich natürlich nicht die Kinder, die werden sowieso nicht gefragt.

Eminanim und ich haben uns vorgenommen, über die Weihnachtstage in den Harz zu fahren. Wir wollen dem grauenhaften Weihnachtsstress entkommen, den wir uns letzten Endes selber eingebrockt haben. Seitdem wir wie die Deutschen Weihnachten feiern, versuchen wir, genauso wie alle Deutschen, dem Weihnachtstrubel verzweifelt zu entkommen.

Früher hab ich mich über die drei zusätzlichen freien Tage wahnsinnig gefreut. Habe die Beine auf dem Sofa ausgestreckt und von morgens bis abends in den Fernseher geglotzt. Aber irgendwann hat mir irgendjemand eingebläut – ich glaube, es waren die Kinder, und dahinter steckte garantiert Eminanim –, auch ich müsse ganz besinnliche Weihnachten feiern. Ohne Fernseher, aber dafür mit vielen Geschenken. Und seitdem ist es bei mir mit der Besinnlichkeit zu Weihnachten erst recht vorbei! Es reicht nicht, dass ich mein ganzes Jahreseinkommen für völlig überflüssige Geschenke ausgeben muss, nein – es kommen auch noch aus aller Welt sogenannte Freunde, Bekannte und Verwandte, die man seit Jahren nicht gesehen hat, und diese ganzen unverschämten Schnorrer wollen mit der billigen Ausrede, es sei ja Weihnachten, tagelang auf meine Kosten versorgt und bewirtet werden.

Deshalb fahren wir heute mehrere hundert Kilometer, um in der Abgeschiedenheit des Harzes diese berühmte Ruhe und Besinnlichkeit zu finden und hoffen darauf, dass die Schnorrer uns nicht finden. Wir wollen keine Menschen mehr sehen, sondern nur Bäume!

»Eminanim, beeil dich endlich, ich will los! Wenn wir noch lange warten, kommen entweder die Kinder wieder zurück, oder irgendwelche Besucher überfallen uns. Du brauchst dich nicht länger zu schminken, du bist schön genug!«

»Osman, mach dir keine Sorgen. Ich hab an alles gedacht. Heute Morgen gleich nach dem Aufstehen hab ich unten auf das Klingelschild einen Zettel geklebt: ›Klingeln zwecklos! Wir sind bis zum nächsten Jahr weg! Bitte versuchen Sie Ihr Glück woanders!‹«

»Na, hör mal, Eminanim, wo bleibt denn da die berühmtberüchtigte türkische Gastfreundschaft?«

»Deine türkische Gastfreundschaft soll da bleiben, wo sie hingehört, nämlich in die Türkei! Ich will nichts mehr davon wissen! Du Pascha hast es natürlich gut, ich muss doch die ganzen uneingeladenen Leute tagelang bewirten! Mir reicht es endgültig!«

Ich geb's ja zu, für Eminanim ist die Gastfreundschafts-Nummer natürlich einen Tick anstrengender als für mich.

Wir schleichen uns mit unseren Koffern durch die Waschküche zum Hinterausgang hinaus. Mit unseren Schals vermummt wie Bankräuber, huschen wir an Häuserwänden entlang zu unserem Ford-Transit, den ich gestern zwei Straßen weiter gut versteckt habe.

Wir haben den 24. Dezember, 11 Uhr vormittags, aber es sind bereits alle Lichterketten und Neonröhren hell erleuchtet, und der ganze Weihnachts-Schnickschnack blinkt und funkelt einem von Geschäften und Hauswänden entgegen.

Wenn man sich die ganzen jährlichen Weihnachtsansprachen anhört, dann spart Deutschland angeblich überall Energie, was mir aber nicht sehr glaubwürdig erscheint, wenn ich mir die ganzen Flackerdinger angucke.

Dieser ganze Spuk verfolgt uns bis zur Autobahnauffahrt. Dass die Autobahnen nicht weihnachtlich dekoriert sind, finde ich seltsam. Aber das ist bestimmt nur eine Frage der Zeit. Bald, dank der teuren Mautgebühr, haben wir sicherlich funkelnde und blinkende Autobahnen. Irgendwas müssen die ja tun mit dem vielen Geld!

Abgesehen von den platt gefahrenen Tannenbäumen auf der Fahrbahn, die einige Geizkrägen vermutlich illegal im Wald abgehackt haben, erinnert plötzlich nichts mehr an diesen kollektiven Wahnsinn. Mit Ausnahme von strahlenden und kopfwackelnden Weihnachtsmännern in den Rückfenstern der Autos. Eine neue Variante des Wackel-Dackels oder Wackel-Elvis.

Nach drei Stunden auf der Autobahn hat uns schon bei der Abfahrt in den Harz das ganze funkelnde, blinkende, blitzende Brimborium wieder eingeholt.

Es war natürlich eine alberne Illusion, in Deutschland zu bleiben und gleichzeitig Weihnachten entkommen zu wollen.

Kurz darauf parke ich unseren Ford-Transit auf dem Parkplatz von unserem wunderschönen Hotel »Tolle Aussicht«, das ich im Internet entdeckt und bereits im Juli rechtzeitig reserviert habe. Hier im Harz haben alle Hotels so gemütliche, wie für Weihnachten geschaffene Namen. Zum Beispiel »Hotel Waldgarten«, »Pension Schneeflocke«, »Landhaus Kuschelhof«, »Hotel Bergblick«, »Pension Waldsee«. Bei einigen Herbergen habe ich auch das Gefühl, ich wäre nicht im Harz, sondern schon im Jenseits angekommen. Die heißen nämlich »Hotel Paradies«, »Garten Eden«, »Engelsburg« oder »Ruhe Sanft«.

Und wie gesagt, unser Hotel heißt »Tolle Aussicht«. Von dem einen Fenster aus schauen wir auf eine große, blinkende Tankstelle, vor der viele Autos Schlange stehen, und von dem anderen Fenster aus können wir uns den gut besuchten Busbahnhof anschauen. Gleich daneben sehen wir ein anderes strahlendes Hotel mit dem hübschen Namen »Blumenoase«. Die vielen verschiedenfarbigen Glühbirnen sollen wahrscheinlich die Blumen darstellen. Und direkt vor unserem Fenster blicken und riechen wir in einen riesigen Müllcontainer hinein, der ausnahmsweise mal nicht ganz so weihnachtlich dekoriert ist und auch nicht die typischsten Weihnachtsgerüche von sich gibt. Ich würde sagen, da fehlt eine Prise Zimt! Aber die Geschmäcker sind natürlich verschieden. Und es gibt sicherlich Menschen, die diese Aussicht irgendwie toll finden. Der Besitzer des Hotels zum Beispiel. Aber der hatte vermutlich mehr die Einnahmen im Auge als den Ausblick aus dem Fenster.

»Eminanim, ich will ja nichts sagen, aber die Umgebung

stimmt überhaupt nicht mit den Fotos im Internet überein«, sage ich zu meiner Frau.

»Osman, wer weiß, wie die Aussicht in den anderen Zimmern ist. Und oben auf dem Dach waren wir auch nicht. Vielleicht bekommt man ja von dort aus ein paar Harzbäume zu sehen«, ruft meine Frau fröhlich. Sie versucht alles positiv zu sehen. Sie ist überglücklich, dass uns diesmal die Flucht aus Bremen tatsächlich geglückt ist. Letztes Jahr wurden wir nämlich in letzter Sekunde kurz vor der Autobahnauffahrt von Ahmet und seiner Frau doch noch abgefangen.

Hier im Harz sind wir den ganzen leidigen, unerträglichen Weihnachtstrubel, der in Kombination mit der noch leidigeren türkischen Gastfreundschaft sogar noch unerträglicher ist, endlich los.

Wir machen die Gardinen ganz dicht und halten ein kleines Nickerchen von ungefähr zwei, drei Stunden. Wir träumen von tollen Aussichten, die man zwar von unserem Hotel aus nicht hat, die es aber dafür im Harz zu Tausenden geben soll.

Wie immer, mitten in den schönsten Träumen, weckt mich Eminanim unvermittelt auf:

»Osman, es ist schon nach 19 Uhr, und ich hab unglaublich großen Hunger. Aber ich bin irgendwie auch sehr müde, und draußen ist es sehr kalt, wie du weißt. Lass uns doch heute hier im Hotelrestaurant essen.«

Ich laufe sofort nach unten, um schnell noch einen Tisch zu reservieren, damit wir später nicht neben der Toilettentür landen. Aber was ist denn hier los? Kein Mensch ist mehr da! Kein Portier, kein Kellner, niemand! Von der Geschäftigkeit, als wir ankamen, keine Spur. Das ganze Hotel ist wie ausgestorben! An der Restauranttür lese ich: Wegen Heiligabend geschlossen!

Hocherfreut laufe ich wieder nach oben! So komme ich doch noch zu meiner Lieblingsbeschäftigung: Restaurant-Suchen in fremden Städten!

Mein Gaumen ist nämlich sehr konservativ! Der will eigentlich nur türkisches Essen, und somit halten wir immer nur nach anatolischen Restaurants Ausschau. Aber wenn die Türken und die Kurden in der jeweiligen Stadt nicht über eine billige Dönerbude hinausgekommen sind, dann öffnen wir uns zwangsweise ab und zu auch mal den fremden Esskulturen. Dabei passen wir natürlich hübsch auf, dass wir uns nicht allzu weit vom Mittelmeerraum entfernen. Also höchstens bis nach Italien, Griechenland oder bis in den Libanon.

Mit zwei langen Unterhosen und drei Schals verlassen wir gut verpackt unser schönes Hotel »Tolle Aussicht« und laufen frohen Mutes durch die Winterkälte, um gut gegrillte Köfte und reichlich gefüllte Paprika zu finden.

Als Erstes, gleich um die Ecke, treffen wir auf einen Italiener: »Bei Peppone«. Aber Signor Peppone hat sich offenbar zu seiner italienischen Sippschaft geflüchtet:

»Am Heiligabendene habene wir leidere geschlossene. Peppone wünschene allene Gästene schöne Weihnaktene«, steht an der Tür.

»Eminanim, das macht doch nichtsene. Wir wollene sowieso türkisches Essene.«

Drei Straßen weiter finden wir wieder ein Restaurant. Aber an der Tür steht:

»Leidel wegen Eiligabend zu. Wil wünschen luhige und flohe Feieltage!«

»Blaucht euch doch wilklich nicht Leid zu tun, wil suchen glade sowieso tülkisches Lestaulant«, lispelt meine Frau. Ich weiß nicht, ob sie versucht, einen chinesischen Akzent zu imitieren, oder ob ihre Zunge jetzt schon erfroren ist. Es ist nämlich unglaublich kalt. Wahrscheinlich auch wegen dieser klirrenden Kälte hat sich der Grieche Kostas nach Saloniki abgesetzt. An der Tür hat er nicht mal eine Botschaft hinterlassen. Sein Restaurant »Saloniki« steht einsam und verlassen stockdunkel da. Dieser seltsame Mann spart nicht nur an Papier und Stift, sondern auch Stromkosten in Form von farbigen Weihnachtsblinkereien.

»Osman, das ist doch irgendwie logisch«, lispelt meine Frau nach einer Stunde Rumrennerei in der eiskalten Stadt, schon ziemlich blau im Gesicht. »Die Leute hier müssen ja auch irgendwann mal ausspannen und Weihnachten feiern. Und das können sie am besten zu Weihnachten!« Die Kälte und der Hunger scheinen meiner Frau noch mehr zuzusetzen als mir. Sie redet nur noch Stuss! Ich schaff das auch ohne Kälte!

»Ich freue mich so sehr, dass die Türken kein Weihnachten feiern«, rufe ich. »Ein türkisches Restaurant muss aufhaben, suchen wir halt tapfer weiter!«

Auf den Straßen sehen wir keine Türken, die wir nach einem türkischen Restaurant fragen könnten. Nicht mal Deutsche! Die ganze Stadt ist wie ausgestorben!

Eine Stunde später, wir sind inzwischen völlig erfroren und können uns nur noch wie Roboter bewegen, tut sich vor unseren Augen eine Fata Morgana auf. Allah, ich danke dir! Doch noch ein türkisches Restaurant! Sogar gleich ein ganzer Berg davon: Das »Ararat Restaurant«.

Aber heute hier was Essbares zu finden scheint genauso aussichtslos zu sein, wie auf seinem Namensvetter Ararat im Osten der Türkei nach den Resten der Arche Noah zu suchen. Wegen Weihnachten stehen alle Dönerspieße still!

Da die einzige Tankstelle des Ortes leider auch schon geschlossen ist, schleppen wir uns mühselig zum Busbahnhof, in der Hoffnung, am Kiosk irgendwas Essbares zu finden. Mein Magen ist inzwischen mit allem einverstanden. Selbst die fettigste Bratwurst lässt mir das Wasser im Munde zusammenlaufen.

Nichts! Verdammt, der Busbahnhof ist geschlossen! Selbst die Polizeiwache daneben ist dicht! Jetzt, wo selbst die Polizei nicht da ist, würde ich ohne mit der Wimper zu zucken für ein einziges Köfte einen Mord begehen!

Wenn die Osmanen damals vor 300 Jahren Wien an Heiligabend angegriffen hätten, hätten sie die ganze verwahrloste Stadt in einer Viertelstunde erobern können!

Erschrocken sehe ich, dass Eminanim mittlerweile blau anläuft und kurz davor ist, in dieser eiskalten Nacht ihr Leben für immer auszuhauchen! Und da rieche ich plötzlich Köfte! Anscheinend bin ich auch nicht besser dran als Eminanim. Ich habe bereits Visionen!

Ich orte die Quelle der herrlich duftenden Köfte nur drei Straßen weiter und schleife Eminanim mit ganzer Kraft in diese Richtung. Völlig erschöpft erreichen wir das Haus, welches alle möglichen appetitlichen Düfte ausstrahlt. Ein VW-Transporter hält gerade vor der Tür, und zwei Dutzend Türken steigen gut gelaunt und total aufgetakelt aus. Voll beladen mit Tabletts und Töpfen gehen sie in das hell erleuchtete Haus hinein.

»Bruder, wir sterben vor Hunger! Wo kann man hier in diesem gottverlassenen Kaff was zu essen bekommen?«, frage ich verzweifelt.

Ohne zu antworten, haken die Fremden uns unter und schleppen uns in die warme Wohnung. Mit glänzenden Augen sehe ich den drei Meter langen Tisch, voll bedeckt mit allen möglichen Variationen von Köfte, gefüllten Paprika, gefüllten Weinblättern, gefüllten Auberginen, Lahmacuns, gebratenen Kartoffeln, gekochten Kartoffeln, dreizehn verschiedenen Salaten und vielem, vielem Leckeren mehr. Während ich all diese Köstlichkeiten gierig auf meinem riesigen Teller staple, frage ich:

»Frau, ist das nicht doch was Tolles, diese türkische Gastfreundschaft?«

Eminanim, die einigermaßen aufgetaut ist und wieder unter den Lebenden weilt, nickt artig mit dem Kopf, weil sie zurzeit nicht in der Lage ist, ein Wort herauszubekommen. Mit zwei Hühnerbeinen gleichzeitig im Mund spricht es sich ja auch sehr schlecht!

Ich hätte nie gedacht, dass ich jemals mit 46 wildfremden Leuten Hand in Hand so gut gelaunt um einen Tannenbaum stehen und deutsche Weihnachtslieder singen würde!

Die Weihnachtsdiät

Dieses Jahr habe ich keine Angst vor Weihnachten!

Im Gegenteil; ich freue mich sogar drauf!

Unsere Freunde aus dem Harz, die Sümüklüs, die uns am letzten Heiligabend das Leben gerettet haben, als sie uns kurz vor dem Erfrieren und Verhungern in ihr Haus aufnahmen, haben uns erneut eingeladen. Dadurch haben sie uns, meine Frau Eminanim und mich, eines Besseren belehrt: Wir finden Weihnachten-Feiern und türkische Gastfreundschaft plötzlich doch nicht mehr so schlimm! Wie gesagt, wir freuen uns sogar drauf; Hauptsache, es geht von anderen Leuten aus.

Wenn ich an das viele schöne Essen im letzten Jahr denke, läuft mir jedes Mal wieder das Wasser im Munde zusammen. Warum um Himmels willen hat sich diese Maria vor zweitausend Jahren nicht ein bisschen beeilt? Ich wäre ja am liebsten schon im September oder Oktober in den Harz gefahren, um mich voll zu stopfen!

Diese beiden edlen Spender, die Sümüklüs, haben uns wirklich unseren verloren gegangenen Glauben an die Menschheit wiedergegeben. Wir dürfen uns diesmal nicht nur voll fressen, sondern auch noch dort übernachten, womit wir also die Hotelkosten sparen. Wenn das keine netten Leute sind, dann weiß ich auch nicht!

In diesem Jahr läuft alles viel routinierter ab: Kinder-Abgeben, Auto-Verstecken, Klingel-Abstellen, Aus-dem-Haus-Schleichen – alles läuft wie geschmiert.

Schon kurz nach zwölf Uhr mittags verlassen wir an Heiligabend wieder die blinkende und blitzende Stadt Bremen und fahren auf die leere, vereiste Autobahn, auf die sich sonst offenbar kein Mensch traut. Aber wenn der Türke was umsonst kriegen kann, dann kann ihn nichts aufhalten.

»Eminanim, heute Abend wird das Essen sogar noch besser sein als voriges Jahr. Ich hab nämlich letztes Mal bei Frau Sümüklü meine Lieblingsgerichte bestellt. Bestimmt bekommen wir zusätzlich auch noch schöne Geschenke, weil die uns ja selber eingeladen haben.«

»Osman, du musst denen aber vorher wenigstens ein paar Komplimente machen, so wie ›waau, das schmeckt aber toll, ihr habt euch echt viel Mühe gegeben‹ und so.«

»Frau, kann ich damit nicht bis zum Dessert warten?«

»Ich werde dir ein Zeichen geben, wann du deinen Spruch loslassen kannst.«

Und schon um kurz nach 15 Uhr sind wir mitten im verschneiten Harz.

»Osman, wir sind viel zu früh dran. Die Sümüklüs stecken bestimmt noch in ihren großen Weihnachtsvorbereitungen. Wenn wir jetzt bei denen klingeln, müssen wir am Ende noch mithelfen.«

»Eminanim, das dürfen wir den guten Leuten doch nicht antun. So was würde diese netten Menschen in ihrer Gastgeberehre verletzen. Diese herzensguten Landsleute könnten es doch nicht ertragen, wenn ihre Gäste auch noch mitanpacken würden.«

»Ich weiß, Osman, ich war ja früher auch mal so, bevor du

den deutschen Pass bekommen hast. Deshalb dürfen wir uns jetzt auf gar keinen Fall dort blicken lassen. Wo wir schon mal hier sind, lass uns doch in Goslar den Weihnachtsmarkt besuchen. Und dann fahren wir kurz vor dem Abendessen rüber in das verschlafene Kaff, in dem die Sümüklüs wohnen. Vielleicht finden wir hier sogar ein billiges Weihnachtsgeschenk für die, daran haben wir nämlich überhaupt nicht gedacht.«

Gleich am Rande der Stadt parke ich unseren Ford-Transit. Goslar ist wirklich sehr, sehr hübsch, mit einer riesigen Altstadt. Ich habe das Gefühl, ich bin von Bremen nicht nur 200 Kilometer entfernt, sondern auch 400 Jahre. Wir befinden uns nämlich plötzlich im tiefsten Mittelalter, aber von der angenehmeren Seite. Hier gibt es keine frisch gerösteten Hexen, sondern frisch geröstete Maronen, die köstlich duften.

»Eminanim, ich will sofort zwei Kilo frisch geröstete Maronen haben! Ich halt's nicht mehr aus!«

»Nix da! Du weißt, dass wir gleich zum Essen erwartet werden.«

»Na gut, dann hole ich mir stattdessen nur ein Kilo gebrannte Mandeln!«

»Kapierst du denn nicht? Ich hab gesagt, nix da! Wir werden gleich mit so viel Essen voll gestopft, dass du wieder fast platzen wirst.«

»Du hast ja Recht. Dann hole ich mir nur eine kleine Bretzel, wie herrlich die doch riechen.«

»Osman, sind etwa deine Ohren schon erfroren, oder was? Ich hab gesagt, es wird nichts gekauft! Du darfst nur rumlaufen und dir alles angucken und dir für heute Abend großen Appetit holen, damit du einen Riesenhunger bekommst.«

»Frau, ich hab schon seit drei Tagen riesigen Hunger. Seit Mittwoch habe ich nichts mehr gegessen, um heute Abend bei den Sümüklüs richtig reinhauen zu können! Falls ich natürlich bis dahin nicht jämmerlich krepiert bin. Ich wäre sicherlich der erste Mensch auf der Welt, der umgeben von so viel köstlichem Essen hier auf dem Weihnachtsmarkt von Goslar regelrecht verhungert.«

»Seit drei Tagen, sagst du? Sehr gut, also beherrsche dich noch mal drei Stunden.«

»Darf ich wenigstens ein, zwei Gläser Glühwein trinken?«

»Nicht mal einen Schluck! Du musst doch noch fahren!«

Ständig den drei Meter langen Wohnzimmertisch der Sümüklüs vor Augen, der unter den ganzen Köstlichkeiten fast zusammenbricht, laufen wir bis spätabends rum, bis auch die letzte Marktbude ihre Pforten schließt.

Als ich halb erfroren endlich wieder im Ford-Transit sitze, klebt mein Magen bereits an der Rückenlehne.

»So, jetzt aber nichts wie los zu den Sümüklüs. Wir dürfen uns bloß nicht verspäten, damit wir noch die besten Stücke aussuchen können«, rufe ich und gebe Gas.

Während wir über märchenhafte Landstraßen gleiten, und die romantisch verschneiten Wälder rechts und links an uns vorüberziehen, sehen wir, wie Deutschland, wie jedes Jahr zu Weihnachten, komplett dichtgemacht wird. Ich fahre an eine Tankstelle, aber auch die ist bereits geschlossen. Ist auch egal, bis zu unseren Gönnern, den Sümüklüs, wird der Franz-Josef ja wohl noch durchhalten. Aber er darf sich heute leider nicht auf eine Festmahlzeit freuen wie wir.

Tatsächlich trägt uns unser tapferer Ford-Transit genau bis in die Straße der Sümüklüs. 200 Meter vor dem Haus rumpelt und ruckelt er und bleibt ohne Benzin liegen. Angespornt durch die Kraft des ganzen herrlichen Essens vor meinem geistigen Auge tragen wir (das heißt natürlich: ich!)

diesmal zur Abwechslung unseren Franz-Josef bis vor die Tür und schieben ihn mit wackligen Knien in den großen Garten hinein. Sogar Menschen älteren Baujahrs kommen mit völlig leerem Tank erheblich weiter als diese alten Ford-Transits. Aber egal, ich werde ohnehin gleich so viel trinken, natürlich nur den teuersten Alkohol, dass ich drei Tage nicht fahren kann.

»Eminanim, du musst dir heute leider einen anderen Tischnachbarn suchen. Ich werde nämlich gleich direkt am Büfetttisch Platz nehmen«, rufe ich und laufe mit letzter Kraft zur Tür:

»Von drauß', von Bremen komm ich her,
Autobahn war vereist, nicht viel Verkehr,
Vom Wagenschieben sind die Beine schwer.
Seit drei Tagen schon ist mein Magen leer,
Mach endlich die Tür auf, ich bin hungrig wie'n Bär.
Sonst mach ich mich sofort über euren Hund her!«

Nachdem ich sehr gefühlvoll und mit stolzgeschwellter Brust mein schönes Weihnachtsgedicht vorgetragen habe, lasse ich es unaufhörlich läuten.

Aber zu meiner großen Enttäuschung nehme ich statt der Stimme von Frau Sümüklü nur das zittrige Stimmchen von Eminanim wahr:

»Du kannst dir deine Drohungen sparen, die haben den Hund mitgenommen.«

»Wie? Wer hat was mitgenommen?«

»Osman, nun hör doch endlich auf zu bimmeln! Lass die arme Klingel in Ruhe! Kannst du diesen großen Zettel an der Tür nicht lesen?«

»Zettel? Was für einen Zettel denn?«

»Du Blindfisch! Hier steht doch: ›Klingeln zwecklos! Wir

sind bis zum nächsten Jahr nicht da. Versuchen Sie Ihr Glück woanders!‹«

»Frau, dieser Text kommt mir irgendwie bekannt vor!«

»Ja, die Leute lernen verdammt schnell! Ich Idiot hab denen letztes Jahr in einem schwachen Moment auch noch selbst erzählt, wie wir das immer machen.«

»Ich hab schon so eine böse Vorahnung gehabt, als ich drei Straßen vorher keinen Köftegeruch wahrnehmen konnte.«

»Osman, das ist aber eine schöne Bescherung. Was machen wir denn jetzt? Ohne einen Bissen Essen im Magen und ohne einen Tropfen Benzin im Wagen?«

»Eminanim, ich trete die Tür ein! Wir haben keine andere Wahl! Ich sterbe vor Hunger!«

»Mensch, hast du das Kleingedruckte darunter nicht gelesen: ›Einbruch zwecklos! Es ist überhaupt nichts Essbares im Haus. Wir haben alles mitgenommen.‹«

»Bei Allah, wie tief ist die Menschheit denn schon gesunken, dass man so einen Zettel schon fertig gedruckt kaufen kann? Unglaublich, was sind das bloß für Menschen?«

»Was das für Menschen sind, fragst du? Kann ich dir gleich sagen. Hier unten steht es: Druckerei Temel und Dursun!«

»Ich fass es nicht! Die können doch nicht an so einem Tag halb erfrorene und völlig verhungerte Gäste der Tür verweisen. Dabei haben die uns auch noch selber eingeladen!«

»Osman, du erzählst schon seit einem Jahr tagtäglich, dass die Sümüklüs uns eingeladen hätten, aber ich kann mich beim besten Willen nicht daran erinnern.«

»Ja, wie soll ich sagen, wir wurden vielleicht nicht so direkt bei einem persönlichen Gespräch eingeladen. Aber wo 46 Leute zu Gast sind, da machen zwei Menschen mehr oder weniger auch nichts aus, hab ich mir gedacht.«

»Selbst schuld, wer nicht hören will, muss fühlen! Jetzt wirst du den Transit bis zu unserem Hotel »Tolle Aussicht« schieben, wo wir im letzten Jahr gewohnt haben. Und ich lenke!«

In Deutschland wird alles von Jahr zu Jahr schlimmer!

Letztes Jahr an Heiligabend musste ich mit leerem Magen und halb erfroren durch das ganze Kaff zu Fuß marschieren. Dieses Jahr muss ich dabei auch noch einen Ford-Transit vor mir herschieben. Was wird denn nächstes Jahr sein? Werde ich womöglich mit einem großen Kreuz auf dem Rücken durch die Straßen getrieben?

Wenn ich denn bald meine Welt wechseln sollte, vom Diesseits ins Jenseits (noch nie schien ich so dicht dran zu sein wie heute), dann gibt es nicht sehr viel Wichtiges, was ich der Nachwelt hinterlassen kann. Aber diesen einen folgenden Ratschlag will ich doch allen Menschen mit auf den Weg geben:

Versuchen Sie niemals, auf leeren Magen einen Ford-Transit fünfhundert Meter bergauf zu schieben! Vor allem dann nicht, wenn Ihre Frau, die mindestens das Doppelte des Ford-Transits wiegt, vorne drinsitzt! Sie werden mit Sicherheit, genauso wie ich, auf halber Strecke Ihr erbärmliches Leben aushauchen. Dann werden Sie sich wiederum plötzlich freuen, dass Ihre Frau im Auto saß und Sie mit Herzmassage und kräftigen Schlägen ins Gesicht gerade noch rechtzeitig in die diesseitige Welt zurückholt. Aber Sie werden sich nie sicher sein, ob sie das getan hat, weil sie Sie liebt oder damit Sie den Ford-Transit endlich rauf bis zum Hotel schieben. In einem können Sie aber auf jeden Fall ganz sicher sein: Wenn Sie oben am Hotel »Tolle Aussicht« ankommen, werden Sie auf der Stelle auf den Boden plumpsen und so platt sein wie nie zuvor in Ihrem Leben!

Dann wird Ihre Frau Ihnen zum zweiten Mal an einem Tag das Leben retten, indem sie Sie in den Ford-Transit schleppt. Nach ungefähr zwei Stunden, während Sie durch kräftige Schläge ins Gesicht langsam wieder anfangen, Ihre Umwelt – die ja nur aus dem Innenraum eines Transporters besteht – wahrzunehmen, wird sie Ihnen verkünden, dass das blöde Hotel ebenfalls geschlossen ist und Sie faule Schlafmütze endlich aufstehen sollen, um das Kellerfenster kaputt zu machen und als ein richtiger Mann für Ihre arme, verhungerte, geliebte Ehefrau in der Küche des Hotels was Essbares zu suchen. Sie werden mit rasendem Herzen, in Angst, als gemeiner Dieb auf frischer Tat ertappt zu werden, alle Schränke und Schubladen durchwühlen, um Ihre gierige Frau und ihren noch gierigeren Magen irgendwie ruhig zu stellen. Für sich selbst brauchen Sie zum Glück nichts mehr, Sie sind ja bereits tot!

Nach knapp einer Stunde werden Sie mit blutigen Schnittwunden, einem alten Paket Knäckebrot und einer halben Tube Löwensenf wieder zurückkommen. Ihre Frau wird noch Jahre später erzählen, dass das die köstlichste Mahlzeit war, die sie jemals von Ihnen spendiert bekommen hat. An all das werden Sie sich aber nur durch die Erzählungen Ihrer Frau erinnern, wenn Sie zwei Wochen später wieder von ihr aus dem Krankenhaus im Harz abgeholt werden.

Die Ärzte in der Klinik werden Ihnen versichern, dass sie in ihrem Krankenhaus in all den Jahren noch nie einen so kuriosen Fall hatten wie den Ihren. Nämlich, dass ein erwachsener Mensch wegen Unterernährung fast in die ewigen Jagdgründe gegangen wäre.

Und das, wie gesagt, an Heiligabend in Deutschland!

Silvesterausflug zu meiner Tochter

Meine 16-jährige Tochter Zeynep ist nach Weihnachten mit ihrer Schulklasse für eine Woche weggefahren. Sie wollen alle gemeinsam in einem Schullandheim, 300 Kilometer entfernt von Bremen, irgendwo bei Kassel, in das neue Jahr reinfeiern.

Als ein moderner, selbstbewusster und fortschrittlicher Vater, wie ich es nun mal von Natur aus bin, kam es mir logischerweise nicht mal in den Sinn, meiner Tochter so was zu verbieten. Obwohl es in ihrer Schulklasse von lüsternen Knaben aus aller Welt nur so wimmelt. Aber meine kluge und intelligente Tochter Zeynep kann sich ganz hervorragend völlig alleine durchsetzen und sehr gut auf sich aufpassen. Und sie kann – genauso wie ihre Mutter – sehr raffiniert und lautstark einfordern, was sie haben will. Was leider nicht immer von Vorteil ist; jedenfalls nicht für mich!

Ich glaube, das war auch der Hauptgrund, weshalb ich sie einfach habe fahren lassen. Damit ich wenigstens in der letzten Woche des Jahres einmal über die Fernbedienung des Fernsehers verfügen darf. Die Vorstellung, mir während der Weihnachtsfeiertage zum hundertsten Mal anzusehen, wie Sissi und Doktor Schiwago vom Winde verweht werden und auf dem Frühstückstisch von Tiffany landen, hat mich fast in den Wahnsinn getrieben. Ich habe keine Lust, ständig mit roten Augen und Tempotaschentüchern rumzulaufen, weil ich andauernd heulen muss.

Jetzt kapiere ich langsam erst, warum alle meine deutschen Arbeitskollegen und Freunde sich an Weihnachten diese nervigen Sippschaftstreffen mit Omas, Opas, Onkels, Tanten, Cousins, Cousinen und tausend Blagen – wie sie sie selber nennen – antun, obwohl sie überhaupt keinen Bock drauf haben. Sie wollen nur dem jämmerlichen Fernsehprogramm über die Feiertage entkommen, das noch niederschmetternder ist, als die unerträglichste Tante jemals sein könnte.

Schon zwei Tage später ruft Zeynep bei uns zu Hause an:

»Papa, wir sind mitten im Wald, und es ist todlangweilig!«

»Da musst du halt mit harten Bandagen kämpfen, mein Kind! Du musst beißen und kratzen, um die Fernbedienung in die Hände zu bekommen. Genauso, wie du das hier immer machst.«

»Papa, wir haben hier nicht mal einen einzigen Fernseher! Die wollen, dass wir uns miteinander unterhalten. Machen wir doch zu Hause auch nicht!«

»Also unseren Fernseher bekommst du nicht! Schmink dir das ab! Bei diesem Mistwetter fahre ich jetzt auf gar keinen Fall auf vereisten Autobahnen 300 Kilometer hin und wieder zurück!«

»Ich will doch gar nicht deinen Fernseher! Ich hab ganz andere Probleme!«

»Was ist denn passiert, mein Engelchen, nun erzähl doch schon.«

»Das Essen ist saumäßig hier in der Hütte!«

»Zeynep, so ist das nun mal. Deine Mama kann nicht ein ganzes Leben lang mit dir überallhin mitkommen und dich bekochen.«

»Papa, ich hab hier Schweinefleisch schon zum Frühstück essen müssen!«

»Waas? Du hast Schweinefleisch gegessen? Das gibt's doch gar nicht!«

»Doch! Die zwingen mich dazu, dreimal am Tag nichts als Schweinefleisch zu essen!«

»Na ja, da kann man nichts machen. Was soll's, jetzt hast du's ja schon gegessen, dann kannst du's auch noch ein paar Tage lang essen.«

»Papa, hier sind auch sehr viele Jungs. Und die wollen alle nur das eine.«

»Ich weiß, Schätzchen, aber das sind doch alles Klassenkameraden von dir. Du kennst sie doch schon seit Jahren.«

»Ich kenne die, aber nicht so!«

»Was heißt das, aber nicht so?«

»Hier sind sie ganz anders drauf. Sie belästigen mich ständig.«

»Zeynep, du gehst jetzt sofort zu deinem Lehrer und beschwerst dich bei ihm.«

»Das kann ich nicht. So was würde ihn noch mehr eifersüchtig machen. Er will nämlich auch was von mir!«

»Das gibt's doch überhaupt nicht! Zeynep, sobald es dunkel wird, musst du sofort in dein Zimmer und sorgfältig abschließen!«

»Mach ich ja. Aber gestern Abend war der Markus irgendwie schon im Zimmer drin, bevor ich abschließen konnte.«

»Zeynep, du warst doch sicherlich nicht nackt oder so, nicht wahr?«

»Aber nicht doch, Papa, was denkst du denn von mir? Ich hatte noch meinen String-Tanga an.«

»Ich hör wohl nicht richtig! Du hattest nur deine Unterhose an?«

»Natürlich, Papa, denkst du, ich laufe hier splitternackt

durch die Gegend, wenn ein fremder Mann in meinem Zimmer ist?«

»Aber du hast doch den Frechdachs hoffentlich sofort rausgeschmissen, wie ich dich kenne, nicht wahr?«

»Wollte ich ja, aber hinterlistig, wie er war, hatte er sich schon einfach in mein Bett reingelegt.«

»Ich fass es nicht! Dieser Triebtäter hat sich einfach in dein Bett reingelegt?! Und was dann?«

»Dann musste ich mich auch zu ihm ins Bett legen. Es war nämlich sehr kalt, und ich hatte ja nur einen String-Tanga an.«

»Bei Allah, ich krieg die Krise! Du hast dich nackt zu einem Mann ins Bett gelegt?«

»Zuerst war er ja noch nicht nackt.«

»Was soll das denn heißen? Zuerst nicht, aber dann doch, oder wie?«

»Ja. Mit der billigen Ausrede, wenn ich als Mädchen mit nur einer Unterhose zu ihm ins Bett steige, dann bliebe ihm ja gar nichts anderes übrig, als ebenfalls alles auszuziehen.«

»Zeynep, erzähl schon, ich platze gleich! Was ist dann passiert?«

»Papa, jetzt hör auf rumzubrüllen. Ich bin nicht schwanger, wenn du das meinst! Jedenfalls kann man noch nichts sehen.«

»Ich werde wahnsinnig! Nach einem Tag kann man natürlich noch nichts sehen, du Schwachkopf! Erst nach drei, vier Monaten sieht man was!«

»Das stimmt doch nicht! Markus hat gesagt, bereits heute können das schon alle sehen!«

»Was können alle sehen, verdammt?! Bei Allah, ich drehe gleich durch!«

»Dieser Markus, das perverse Schwein, hat mit seinem Händy heimlich Nacktfotos von mir gemacht. Und wenn ich ihm nicht sofort 200 Euro gebe, dann stellt er alle Fotos von mir ins Internet.«

»Du elende Schlampe! Du hast also auch noch Nacktfotos von dir machen lassen, und die stehen jetzt im Fernsehen? Ich kipp gleich um!«

»Aber Papa, ich sagte doch, er hat sie heimlich gemacht. Ich kann nichts dafür, irgendwann muss ich wohl eingeschlafen sein.«

»Das reicht! Zeynep, du gehst jetzt sofort in dein Zimmer und schließt dreimal ab! Und öffnest niemandem! Ich bin spätestens in drei Stunden mit den 200 Euro da und hole dich ab!«

»Papa, warte doch, da gibt's noch ein Problem!«

»Was denn noch, verdammt noch mal?«

»Der Markus will auch noch einen Fernseher haben.«

»Den kriegt er! Und als Zugabe bekommt er von mir eine richtige Tracht Prügel! Und du sowieso!«

Ich schmeiße unseren Fernseher in den Ford-Transit und rase bei der Eiseskälte vor Wut kochend auf der verschneiten Autobahn Richtung Kassel.

Die ganze Zeit überlege ich mir, wen von den beiden ich zuerst an den Füßen aufhänge? Diesen versauten Markus oder den notgeilen Lehrer? Ich werde die Entscheidung dem Zufall überlassen. Wen ich zuerst in die Finger bekomme, dem ziehe ich auch zuerst das Fell ab!

Ich fahre den Transit bis vor die Eingangstür, schnappe mir den Fernseher und platze wütend ins Schullandheim, sogar ohne mir vorher die schmutzigen Schuhe abzutreten.

Zur meiner Überraschung sitzt Zeynep aber mit den ganzen anderen Schülern zusammen fröhlich in der Eingangshalle, und alle warten förmlich auf mich. Als sie mich sehen, fangen sie an zu klatschen, zu schreien und rumzutoben:

»Hurra, Hurra, der Weihnachtsmann mit dem Fernseher ist da! Hurra, wir haben endlich einen Fernseher! Zeynep ist die Größte!«

»Zeynep, was machst du denn hier? Hab ich dir nicht gesagt, dass du dich in deinem Zimmer einschließen sollst? Wo ist dieser verdammte Markus? Los, zeig ihn mir!«

»Papa, wir haben doch hier niemanden, der Markus heißt!«

»Ich meine doch den Kerl mit den Nacktfotos im Fernsehen!«

»Papa, das war doch nur Spaß!«

»Und was ist mit diesem perversen Lehrer? Wo ist er? Ich mach ihn platt!«

»Aber Papa, das war doch auch nur Spaß! Hier gibt's nur zwei ganz nette Lehrerinnen, und die sind drüben in der Küche.«

»Soll das heißen, niemand war in deinem Bett und hat Fotos gemacht?«

»Natürlich nicht! Das sind doch alles alte Klassenkameraden von mir.«

»Und was ist mit dem ekelhaften Schweinefleisch, das du morgens und abends essen musst?«

»Eine anständige Bratwurst wäre eigentlich nicht schlecht, wenn du die mitgebracht hättest. Hier gibt's nämlich jeden Tag nur Vollkornnudeln mit Bio-Tomatensoße und anderes Ökozeug.«

»Zeynep, das ist ja sehr schön, meine Tochter, herrlich! Es stimmt also gar nichts, was du mir am Telefon erzählt hast!«

»Doch, das mit dem 200 Euro stimmt schon, mein Taschengeld ist nämlich alle. Und einen Fernseher brauchen wir hier auch!«

»Toll, Zeynep, da fällt mir ein riesen Stein vom Herzen! Zur Belohnung bekommst du 400 Euro von mir, und den Fernseher schenke ich deiner lieben Klasse!«

»Papa, hoffentlich bist du nicht böse oder so, dass ich dich bei dem Sauwetter bis hierher bemüht habe?«

»Aber natürlich nicht, mein Liebling! Das hab ich doch gerne getan! Aber weil ich mich so beeilt habe, hab ich doch glatt vergessen, die Fernbedienung einzustecken. Mach dir keine Sorgen, in sechs Stunden bin ich damit wieder hier!«

Silvestermarathon

Mein Freund Ephraim und seine Gattin Sara haben uns heute zum Silvesteressen eingeladen. Anschließend wollen wir alle zusammen zu unserem Stammcafé spazieren und dort kräftig auf das neue Jahr anstoßen. Um Mitternacht gucken wir uns dann an, wie ein paar Knallköpfe ein paar Knallkörper in die Luft jagen, und wenn wieder etwas Ruhe eingekehrt ist, wollen wir zusammen in ein schönes Lokal gehen, um das Tanzbein zu schwingen. Die älteren Kinder sollen selber sehen, wie sie in das neue Jahr reinrutschen – mit uns »Grufties« wollen die am Silvesterabend sowieso nichts zu tun haben – wir nehmen nur unsere kleine Hatice mit.

Um 18:15 Uhr hab ich mich heute bereits zum zweiten Mal rasiert und tipptopp angezogen:

»Eminanim, wir können gehen«, rufe ich in Richtung Schlafzimmer, wo meine Frau sich seit ein paar Stunden zurechtmacht.

»Osman, du spinnst doch! Kein Mensch geht schon um 18 Uhr zur Silvesterfeier!«

»Ich hab aber jetzt schon Hunger! Und Sara hat gesagt, wir können ruhig um 18:30 Uhr kommen.«

»Schnapp dir ein paar von den Weihnachtsplätzchen. Du bekommst gleich ganz viel zu essen. Was sagst du dazu?«

»Gut, wie du meinst, dann esse ich halt ein bisschen von dem Weihnachtsstollen.«

»Das frage ich doch nicht, mein Gott! Was meinst du zu meinem blauen Rock?«

»Eminanim, dein blauer Rock sieht doch einfach klasse aus! Den hast du dir doch als Weihnachtsgeschenk für heute Abend gewünscht!?«

»Damals vor zwei Wochen habe ich noch geglaubt, ich hätte dafür die passenden Schuhe zu Hause. Aber ich hab ja rein gar nichts im Schrank!«

»Frau, ich gehe jede Wette ein, dass du garantiert mehr Schuhe hast, als ein Tausendfüßler brauchen kann. Mindestens 200 Paar sehe ich hier im Schrank!«

»Osman, nerv mich nicht! Kannst du mir bitte nur ein einziges Paar zeigen, das man heute zu Silvester anziehen kann?«

Ich könnte ihr problemlos gleich 100 Paare zeigen, aber ich halte mich zurück, um das alte Jahr nicht ganz in schlechter Erinnerung zu behalten und um Eminanim nicht weiter zu reizen. »Und zwar ein Paar Schuhe, das zu diesem neuen Rock passt?«, ergänzt sie weiter.

Jetzt bin ich natürlich plötzlich nicht mal mehr in der Lage, auch nur auf ein halbes Paar zu zeigen. Ich gebe zu, ich habe bei Frauenkleidern überhaupt keine Ahnung, was wozu und warum passt oder auch nicht! Ich kenne mich nicht mal mit meinen eigenen Klamotten aus. Eminanim aber ist eine exzellente Expertin darin. Deshalb wünsche ich ihr bei der Suche viel Glück, hoffe, dass es einigermaßen schnell gehen wird, und verziehe mich sofort wieder.

Ich merke, dass ich bereits einen Riesenhunger habe. Leider darf ich jetzt überhaupt nichts Süßes essen, denn auf leeren Magen vertrage ich das Zeug nicht. Es sei denn, ich möchte das neue Jahr mit dem Kopf in der Kloschüssel empfangen. Aber das wäre nicht besonders galant. Weder unserem heutigen Gastgeber noch dem so jungen, frischen Jahr gegenüber.

In der Küche schaue ich mir auf dem kleinen Fernsehapparat ›Dinner vor Wan‹ an. Ich befürchte, dass unsere Gastgeber heute Abend das Schicksal der älteren Dame aus dem Film teilen und alleine dinieren müssen, weil ich hier wegen meiner Frau jämmerlich vor Hunger krepiere.

Um das zu verhindern, schlage ich mir zwei Eier in die Pfanne. Gerade so viel, dass ich mich noch ein paar Stunden auf den Beinen halten kann. In dem Moment kommt Hatice rein:

»Papa, ich will auch was, ich sterbe vor Hunger!«

»Hatice, sag das deiner Mutter, damit wir endlich gehen können!«

»Hab ich schon! Sie hat gesagt, du sollst ruhig sein und von dem, was du kochst, mir etwas abgeben.«

Um nichts falsch zu machen, gehe ich wieder ins Schlafzimmer:

»Eminanim, es ist jetzt 19:13 Uhr, soll ich für Hatice auch ein paar Eier in die Pfanne hauen?«

»Wieso nicht? Sie ist ja auch ein bisschen dein Kind, soweit ich mich erinnern kann, du kannst dich auch mal um sie kümmern«, lispelt sie vorwurfsvoll, weil ich, respektlos, wie ich nun mal bin, sie gerade beim Auftragen des neuen Lippenstifts, der nun entweder zum Rock oder zur Bluse oder zu den Schuhen oder zu der neuen Handtasche passen muss, taktloserweise gestört habe. Aber richtig festlegen will ich mich nicht! Es kann auch sein, dass die Sachen zum Lippenstift passen müssen, wer weiß das schon?

»Wir werden zum Festessen erwartet, aber ich muss hier Spiegeleier runterwürgen, um nicht zu verhungern«, gebe ich genauso vorwurfsvoll zurück.

»Festessen, haha, dass ich nicht lache«, lacht Eminanim hämisch, »das kenn ich schon, bei Ephraim und Sara werden ohnehin nur die vergammelten Reste vom Weihnachtsessen aufgetischt. Und mach dir mal keine Sorgen, so schnell verhungerst du schon nicht; nicht bei deinem fetten Bauch! Na, gefalle ich dir so?«, ruft sie und geht mit kritischem Blick vor dem großen Kleiderschrankspiegel hin und her.

»Perfekt«, rufe ich begeistert, »dieser schöne Schuh harmoniert optimal mit deinem neuen Rock! Du siehst toll aus!«

»Wer redet denn hier von den Schuhen? Ob diese Handtasche passt, will ich wissen!«

»Aber das mit der Handtasche hatten wir doch schon vor Stunden geklärt«, erinnere ich sie.

»Damals hatte ich aber nicht diese Schuhe an. Nein, diese pastellfarbene Handtasche passt auf keinen Fall! Das beißt sich fürchterlich!«

»Eminanim, wie soll das arme Tier denn beißen? Das Krokodil lebt doch schon lange nicht mehr.«

»Mach du dich nur lustig über mich! Du wirst schon sehen, was du davon hast. Ich hab wirklich keine einzige vernünftige Tasche«, jammert sie und zeigt mit der Hand auf die ungefähr drei Dutzend Damentaschen, die überall im Zimmer verstreut rumliegen. »Mir bleibt nichts anderes übrig, ich muss in den Keller und die uralten Handtaschen raufholen«, stöhnt sie weiter.

»Zwei Eier sollten für Hatice reichen«, antworte ich.

Als Hatice so gegen 19:44 Uhr ihre Eier verschlingt, rufe ich Ephraim an, um uns zu entschuldigen, weil wir uns vermutlich doch etwas verspäten werden.

»Trifft sich doch gut«, sagt Ephraim hörbar erfreut, »Sara hat unerwartet große Schwierigkeiten mit ihrer neuen Wimperntusche bekommen. Sobald wir dieses Problem im Griff haben, fange ich sofort an, den Tisch zu decken. Die anderen sind auch noch nicht da. Mach dir also keine Sorgen.«

»Sehr gut, Ephraim, ich hab nämlich einen Bärenhunger, sage ich dir! Ich werde mir von Saras Wimperntusche garantiert nicht den Appetit verderben lassen. Wir sind in ein paar Minuten bei euch!«

Mit einem Stück Brot kratze ich die Pfanne aus, um das zu essen, was Hatice übrig gelassen hat. Dabei schaue ich mir auf einem anderen dritten Programm schon wieder ›Dinner vor Wan‹ an. Ich bin gezwungen, genauso wie die alte Dame, alleine zu speisen, obwohl alle meine Freunde noch am Leben sind. Und ich hab nicht mal einen besoffenen Battler Jäyms, den ich rumkommandieren kann!

Danach gehe ich wieder ins Schlafzimmer, um meine Frau daran zu erinnern, dass wir bereits 20:17 Uhr haben und zu einem Silvesterabendessen bei Ephraim und Sara eingeladen sind. Aber sie ist gar nicht da! Ich laufe sofort in den Keller, um Eminanim beim Hochschleppen der Handtaschen behilflich zu sein. Sie stöckelt tatsächlich mit ihren Pfennigabsätzen im Kellerabteil rum und begutachtet ihre Taschen auf den Regalen.

»Eminanim, jetzt mach schon endlich. Es ist bereits halb neun«, sage ich und schnappe mir alle Taschen, die ich finden kann.

»Sag mal, Osman, hast du was Bestimmtes mit den ganzen Damenhandtaschen vor?«, fragt sie mich etwas irritiert.

»Ja, ich will sie ins Schlafzimmer bringen, damit du dir endlich die passende aussuchen kannst. Hier unten ist doch kein einziger Spiegel, wie willst du dich denn entscheiden? Oder soll ich lieber einen Spiegel in den Keller bringen? Wenn's dadurch etwas schneller geht, ist das für mich überhaupt kein Problem!«

»Osman, ich bin jetzt bereits zum zweiten Mal im Keller«, zischt sie genervt und kramt ständig neue Kartons hervor.

»Wieso hast du mir nicht Bescheid gesagt, mein Täubchen? Wir hätten doch alle Taschen auf einmal rauftragen können.«

»Mein Gott, wer redet denn hier von Taschen?! Ich versuche hier verzweifelt ein Paar vernünftige Schuhe zu finden!«

Ich bin natürlich nicht so leichtsinnig, sie mit der blöden Frage zu belästigen, wozu sie Schuhe braucht, wo sie doch so schön hier im Heizungskeller hin- und herstöckelt. Sie braucht selbstverständlich neue Schuhe, weil sie doch – wie wir gerade erfahren haben – eine neue Handtasche hat oder einen neuen Rock oder... alles sehr logisch also!

»Eminanim, kann ich dir irgendwie behilflich sein, zum Beispiel diese ganzen Schuhkartons hochtragen oder so?«

»Osman, tu mir bitte einen Gefallen und stör mich nicht die ganze Zeit! Du hältst mich nur auf!«

»Aber es ist doch schon kurz vor neun. Die Leute warten auf uns, und mein Magen knurrt...«

»Hetz mich nicht! Dadurch geht's auch nicht schneller! Ich bin ja nicht zum Spaß hier! Außerdem isst kein Mensch an Silvester vor 22 Uhr!«

»Ich würde schon essen, wenn ich irgendwas Essbares fände!«

»Entschuldige bitte, ich rede ja auch von zivilisierten Menschen!«

»Gut, gut, reg dich nicht auf. Ich gehe jetzt nach oben und rufe unsere Eltern an, um denen ein frohes neues Jahr zu wünschen. Soll ich sie auch von dir grüßen oder willst du selber anrufen?«

»Mach, was du willst, aber lass mich jetzt in Ruhe!«

Ich schnappe mir vorsichtshalber doch ungefähr zwanzig Damenhandtaschen und ein Dutzend Schuhkartons und schleppe sie nach oben.

»Eminanim, wer weiß, vielleicht brauchst du ja später plötzlich doch eine andere …«

Um 21:11 Uhr rufe ich meine Eltern in der Türkei an. Dort ist es bereits 22:11 Uhr. Am Ende des Gesprächs sage ich:

»Vater, kannst du mir bitte auch mal kurz Mutter geben, damit ich ihr auch ein frohes neues Jahr wünschen kann?«

»Sohn, das ist jetzt etwas unpassend«, entschuldigt er sich, »sie macht sich gerade fertig. Wir sind heute Abend eingeladen. Ich will sie jetzt nicht stören, sonst dauert alles noch viel länger!«

Ich rufe meinen Onkel Ömer an und danach alle anderen Verwandten. Nirgendwo gelingt es mir eine weibliche Person ans Telefon zu bekommen. Nicht mal bei der Telefonauskunft!

Ich gehe wieder ins Schlafzimmer.

»Na, Osman, was meinst du jetzt?«, fragt Eminanim.

Um nicht schon wieder ins Fettnäpfchen zu treten, frage ich vorsichtshalber:

»Kannst du mir einen kleinen Tipp geben, Eminanim, worum geht's denn gerade? Ich glaube, ich bin nicht ganz im Bilde.«

»Die Bluse, mein Gott! Steht mir diese Bluse, ja oder nein?«

»Wunderbar! Du siehst toll aus! Die Farbe von der Bluse passt zu allem, was du anhast. Es ist einfach genial!«

»Es geht nicht um die Farbe, sondern um den Kragen, du Dümmling! Passt der Kragen zu meiner neuen Frisur?«

»Sehr hübsch«, kriege ich gerade noch hervor und stürze aus dem Schlafzimmer, bevor mir der Kragen platzt.

Ich zäppe quer durch alle Fernsehkanäle. Überall läuft das Gleiche.

Endlich habe ich Zeit, meinen Lohnsteuerjahresausgleich zu machen.

Gegen 22:40 Uhr klingelt das Telefon:

»Osman, Sara ist irgendwie immer noch nicht fertig«, entschuldigt sich unser imaginärer Gastgeber Ephraim, »was hältst du davon, wenn wir uns gleich im Café treffen? Das Essen müssen wir halt dann später nachholen. Sonst verpassen wir das große Spektakel und die ganze Knallerei zum Jahreswechsel.«

»Tolle Idee«, rufe ich, »wir sehen uns also gleich im Café.«

In dem Moment klingelt es an der Tür. Mein Freund Nedim ist da.

»Nedim, was willst du denn hier, wir treffen uns doch heute Abend bei Ephraim und nicht bei uns«, sage ich überrascht. »Obwohl ... das ist eigentlich auch nicht mehr ganz aktuell, wir treffen uns nicht mehr bei Ephraim, sondern direkt im Café.«

»Weiß ich doch«, schnauft er, »Ephraim hat auch mich angerufen.«

»Und wo ist das Problem? Ist etwa deine Frau krank geworden?«

»In gewisser Weise schon, aber sie will es nicht einsehen. Stattdessen hat sie mich rausgeschmissen! Sie hat gesagt, dass sie mich nicht sehen will, solange sie sich fertig macht. Ich würde ihr nur im Weg rumstehen, sie andauernd behindern und ihr auf die Nerven gehen.«

»Oh, Nedim, das tut mir aber Leid. Komm doch rein, Hatice und ich gucken gerade Fernsehen. Aber es gibt nichts Besonderes. Nur die üblichen Jahresrückblicke mit sogenannten Sternchen. Die Stars haben offensichtlich keine Lust, auch noch am Silvesterabend den Affen zu machen.«

»Osman, lass uns doch Tavla spielen«, sagt er.

Ich freue mich wahnsinnig über diesen Vorschlag und hole sofort das Bäckgammonspiel.

Wir spielen bis 23:53 Uhr Tavla. Heute Abend verliere ich nur zwei Mal.

Hatice ist mittlerweile auf der Couch eingeschlafen.

Eine Viertelstunde beobachten wir draußen auf der Straße diese ganze Verschwendung mit der unglaublichen Knallerei.

»Die könnten das ganze schöne Geld doch den armen hungernden Menschen in Afrika zukommen lassen«, sage ich.

»Osman, die sind gerade dabei, das ganze schöne Geld den armen hungernden Menschen in China zukommen zu lassen«, sagt Nedim.

Es ist sehr laut und richtig kalt. Fröstelnd kehren wir zu unserem Bäckgammonspiel zurück. Durch die halb offene Schlafzimmertür sehe ich, wie sich Eminanim mit ihren widerborstigen Haaren in die Haare gekriegt hat. Ich gebe Nedim ein Zeichen, dass er bloß keinen Kommentar abgeben soll, wenn er hier nicht auch noch rausgeschmissen werden will.

So verzweifelt wie im Kampf mit ihren Haaren, habe ich Eminanim schon lange nicht mehr gesehen. Aber das kann ich nachvollziehen: Haare kann man nämlich nicht so locker an- und ausziehen wie Schuhe. Ich hoffe nur, dass es lediglich die Form der Haare ist, die zum Gesamtkunstwerk momentan nicht passt, und nicht etwa die Farbe. Das wäre nun wirklich sehr tragisch!

Gegen 0:25 Uhr geht Nedim wieder.

»Wer weiß, vielleicht ist meine Frau ja schon fertig und wartet sehnsüchtig auf mich«, sagt er.

»Ich halte es doch für ziemlich ausgeschlossen, dass das neue Jahr so schnell ein Wunder hervorbringt«, antworte ich, während ich ihn verabschiede.

Ich bringe Hatice ins Bett und nehme mir das neue Buch aus dem Regal, das mir Eminanim zu Weihnachten geschenkt hat: ›Erfolgreich abnehmen leicht gemacht; selbst für charakterlose Schwächlinge!‹

Bereits nach der dritten Seite überfällt mich wieder großer Hunger. Das Buch bewirkt bei mir genau das Gegenteil!

Dass ich nur vom Zugucken, wie Hatice zwei Spiegeleier verdrückt, nicht satt werde, war ja völlig klar! Ich mache den Herd an und stelle die Pfanne wieder drauf. Nicht mal die alte Dame in ›Dinner vor Wan‹ musste am Silvesterabend zweimal alleine essen!

Aber bevor ich die restlichen Eier in die Pfanne reinhaue, gehe ich vorsichtshalber ins Schlafzimmer, um mich über den neuesten Stand der Silvestervorbereitungen zu informieren.

»Übrigens, Eminanim, frohes neues Jahr«, rufe ich ganz leise ins Zimmer, um zu testen, wie ihre Laune ist.

»Osman, hetz mich nicht schon wieder«, kommt als Antwort.

»Wieso sollte ich? Es ist doch noch so früh! Es ist gerade mal 0:37 Uhr! Wir haben noch das ganze Jahr vor uns.«

Sie antwortet mit eisigem Schweigen, das sich sehr erbost anhört.

»Okäy, ich bin schon weg. Ich gehe in die Küche und haue mir wieder zwei Eier in die Pfanne, wenn du nichts dagegen hast.«

»Ich hab aber was dagegen!«

»Ich fass es nicht! Soll das etwa heißen, wir können sofort gehen?«

»Das heißt nur, dass du endlich auf deine Cholesterinwerte achten und nicht ständig Eier in dich reinstopfen sollst. Den ganzen Abend isst du schon nichts anderes als Eier!«

Innerlich gebe ich Eminanim ja Recht. Eigentlich sollte ich doch etwas mehr auf meine Figur aufpassen.

Nachdem ich die sechs Spiegeleier mit den drei Knoblauchwürsten verputzt habe, gehe ich in die Garage, um ein bisschen Fett zu verbrennen. Ich montiere die neuen Winterreifen auf unseren Ford-Transit. Eigentlich hätte ich das schon vor drei Monaten machen müssen. Aber wann hat man schon so viel Zeit wie in der Silvesternacht? Es reicht auch noch für einen kompletten Ölwechsel.

Um 1:24 Uhr lege ich mich in die Badewanne. Das wollte ich in einem ruhigen Moment schon immer mal machen. Um 1:42 Uhr steige ich wieder raus, trockne mich ab, ziehe meinen Bademantel an und gehe mal wieder meine Frau besuchen.

»Na, Osman, wie sieht's aus?« fragt sie mich.

Wenn ich bloß wüsste, was sie damit genau meint? Um nichts Falsches zu sagen, gehe ich nicht weiter ins Detail:

»Also das sieht doch schon mal richtig klasse aus! Der Gesamteindruck ist wirklich perfekt. Herzlichen Glückwunsch, Eminanim, du hast es geschafft, wir können endlich gehen!«

»Osman, bitte geh! Geh mir bloß aus den Augen! Ich ertrage es einfach nicht, zu allem anderen Ärger mich auch noch von dir veralbern zu lassen.«

»Aber wieso denn, mein Täubchen?« stottere ich.

»Wie kann denn der Gesamteindruck perfekt sein, wenn ich diese bescheuerte Armbanduhr tragen muss?«, zischt sie berechtigterweise ziemlich vorwurfsvoll.

»Oh, die muss ich übersehen haben, entschuldige bitte! Aber wenn es nur noch diese Armbanduhr ist, die uns Probleme bereitet, dann leg sie doch einfach weg und nimm eine andere, und dann können wir endlich gehen.«

»Osman, das können wir eben nicht! Du läufst nämlich immer noch im Bademantel rum, mein Gott!«

»Eminanim, ich bin in 15 Sekunden da! Zieh dich bloß nicht mehr an und aus«, rufe ich begeistert und flitze los.

Nach 14 Sekunden bin ich, mit Smoking, Mantel und allem, was noch dazugehört, vollständig angezogen, wieder zurück im Schlafzimmer bei meiner Frau.

»Katastrophe«, jammert sie, »wie kann denn ein Nagellack nach dem Trocknen eine komplett andere Farbe annehmen, verdammt?!«

»Ich … ich … ich weiß es nicht, keine Ahnung«, stottere ich geschockt.

»Hab ich mir etwa für so viel Geld einen Scherzartikel andrehen lassen? Ich werde diese Drogerie gleich morgen verklagen! Sie haben mir den ganzen Silvesterabend versaut!«

»Eminanim, welche Farbe hatte denn der Nagellack, als du ihn vorhin aufgetragen hast?«, frage ich zaghaft.

»Ein richtig tolles Rot war das natürlich!«

»Ja, aber es ist …«

»Waas, das nennst du Rot?«

»Ich hab doch überhaupt nichts gesagt!«

Sie hat sich schon ein anderes kleines Fläschchen geschnappt und wischt sorgfältig den Nagellack ab.

Einer von uns beiden ist offensichtlich farbenblind! Aber es wäre jetzt ausgesprochen unklug, das in dieser Situation ausdiskutieren zu wollen.

Um 2:07 Uhr klingelt wieder das Telefon.

»Hallo, Osman, ich bin's, Nedim.«

»Nedim, was willst du, wir haben uns doch schon vor Stunden zu Neujahr gratuliert.«

»Osman, Hümeyranim ist immer noch nicht fertig. Mir ist hier total langweilig. Lass uns doch wieder Telefon-Tavla spielen.«

»Klar doch, lass uns gleich anfangen«, freue ich mich.

Diesmal lege ich ihn aber richtig rein. Ich würfele nur ab und zu, sonst sag ich immer einfach aus dem Kopf die Zahlen durch, die ich dringend brauche! Meine Rache ist nämlich riesengroß. An Weihnachten und auch erst vor ein paar Stunden habe ich ja gegen ihn vernichtende Niederlagen eingefahren.

Um 2:43 Uhr ist das Spiel zu Ende! Erneut drei Wahnsinnsspiele der Extraklasse; und ich Idiot habe wieder alle drei Spiele verloren!

Aber das kann doch wirklich nicht wahr sein! Ich hab fast kein einziges Mal ehrlich gewürfelt! Unter dem Vorwand, dass mich Eminanim rufen würde, knalle ich den Hörer verärgert auf, ziehe meinen Smoking aus und lege mich in Mehmets Zimmer ins Bett.

Auf das kleine Tischchen im Flur lege ich einen großen Zettel mit dem Hinweis:

»Eminanim, du kannst mich in Mehmets Zimmer jederzeit wecken, falls du irgendwann mal fertig sein solltest!«

In diesem fremden Bett schlafe ich sehr unruhig und träume nur wirres Zeug, was im kommunistischen Bett Mehmets ja auch nicht anders zu erwarten war. Ich träume davon, dass wir zum Silvesterdinner bei Ephraim und Sara eingeladen sind, aber die Wohnung nicht verlassen können, weil irgendwelche Bolschewiken uns eingesperrt haben.

Kennen Sie dieses herrliche Gefühl der Erleichterung, das sich wohlig in Ihren Gliedern ausbreitet, wenn Sie mitten in der Nacht aus einem Alptraum aufschrecken und beim Aufwachen feststellen, dass dieser ganze Horror nur ein alberner Traum war?

Ich weiß nicht, warum, aber ich verspüre keine Spur der Erleichterung, als ich um 3:20 Uhr wieder hochschrecke.

Mein Brief an Eminanim im Flur erinnert mich wieder sehr unangenehm daran, dass irgendwelche Freunde irgendwo sehnsüchtig auf uns warten, um mit uns irgendein Silvester zu feiern.

Ich gehe aufs Klo!

Als ich an der Schlafzimmertür vorbeitorkele, sehe ich nach, wie weit Eminanim gekommen ist, als wenn ich den Unterschied bemerken würde.

»Osman, ich weiß, dass wir erwartet werden, ich weiß, dass es schon ein bisschen über die Zeit ist, aber hetz mich bitte nicht.«

»Eminanim, lass dir Zeit, ich wollte doch nur aufs Klo. Aber du siehst inzwischen wirklich unglaublich hübsch aus!«

»Danke, aber ich kann selber in den Spiegel gucken!«

»Der zeigt aber doch nur Äußerliches!«

»Hau bitte ab!«

Im Wohnzimmer schmeiße ich wieder den Fernseher an.

Auf einem der Nachrichtenkanäle sehe ich, dass die Japaner fast schon den zweiten Januar feiern. Ein sehr fortschrittliches Volk!

Um 3:47 Uhr überlege ich mir, frische Brötchen zu holen. Ob die Bäckereien um diese Zeit am ersten Januar aufhaben? In Japan haben sie bestimmt auf!

Ich gehe in die Küche und koche mir erst mal Tee. Ich

bringe meiner Frau auch eine Tasse. Sie hat jetzt schon fast 24 Stunden ohne Essen und Trinken verbracht. An Hunger stirbt man ja nicht so schnell, aber mit Flüssigkeitsverlust sollte man nicht spaßen!

»Schönen guten Morgen, Eminanim, ich hab hier ein Tässchen Tee für dich.«

»Danke, Osman, aber jetzt rächt sich natürlich, dass du so ein fauler Kerl bist!«

»Wieso das denn? Ich hab sogar um diese unmögliche Zeit schwarzen Tee mit drei Stück Zucker für dich gekocht!«

»Ich brauche keinen schwarzen Tee mit drei Stück Zucker, sondern meine schwarzen Schuhe mit spitzen Absätzen. Aber du hast es die ganze Woche nicht geschafft, meine schwarzen Schuhe vom Schuster zu holen! Mit den Schuhen wäre ich schon längst fertig!«

Mit gesenktem Kopf verlasse ich schuldbewusst das Schlafzimmer. Ich gehe wieder in die Garage, hole meinen Ford-Transit und fahre zu diesem Schuster.

Um 4:13 Uhr breche ich bei dem Schuster ein! Ich schlage das kleine Seitenfenster ein und hole Eminanims Schuhe.

Um 4:32 Uhr bin ich mit der Beute schon bei meiner Frau.

»Hier, Eminanim, deine schwarzen Schuhe!«

Aber sie beachtet sie nicht; sie wundert sich nicht mal! Stattdessen ruft sie interessiert:

»Osman, sag mal, wie sehen eigentlich meine Augen aus?«

»Die sehen sehr, sehr hungrig und durstig aus! Wir haben auch schon eine Ewigkeit nichts mehr gegessen!«

»Ich meine doch die Farbe, du Dussel!«

»Was soll ich dazu sagen, hübsch wie immer halt.«

»Wie immer halt? Ich hab doch zum ersten Mal in meinem Leben grüne Augen!«

»Hoppla, du hast Recht! Was ist denn passiert? Eminanim, wie geht das denn? Aber das kommt bestimmt davon, dass du hungrig bist und dich völlig überanstrengt hast. Ich mach mir richtig Sorgen um dich! Nicht nur dein Gesicht ist blasser geworden, sondern auch deine Augen!«

»Du Dummerchen, wenn du nicht geschlafen hast, dann bist du ja noch begriffsstutziger. Ich hab mir doch gestern grüne Kontaktlinsen gekauft, weißt du es nicht mehr? Ich will doch das neue Jahr mit grünen Augen erblicken!«

»Dafür ist es aber schon ein bisschen zu spät. Was hältst du davon, wenn wir das neue Jahr lieber mit satten Augen anschauen?«

»Mach dir keine Sorgen, Osman, ich bin gleich fertig. Ich muss mir nur noch den passenden Rock aussuchen.«

»Waaaas? Rock? Du hast immer noch nicht den passenden Rock gefunden? Eminanim, der Rock, den du da anhast, sieht doch klasse aus. Darauf hatten wir uns doch schon gestern Abend geeinigt, besser gesagt, letztes Jahr. Ich meine, du hattest dich doch selber drauf geeinigt.«

»Das schon, aber jetzt, wo ich grüne Augen habe, kann ich doch unmöglich mit einem blauen Rock rausgehen.«

»Aber du hast doch gestern Abend gewusst, dass du dir zwei grüne Augen zulegst!«

»Osman, zu dem Zeitpunkt konnte das kein Mensch wissen. Ich muss doch nicht alles, was ich neu gekauft habe, gleich zur Schau stellen. Ich bin doch keine Neureiche, verdammt!«

»Aber Altreiche sind wir auch nicht! Wir sind nur alt!«

»Nächstes Jahr lache ich drüber, wenn ich Zeit habe!«

»Eminanim, dann lass doch deine neuen grünen Augen zu Hause, und wir gehen mit deinen alten braunen Augen aus, was sagst du dazu?«

»Das geht nicht! Ich konnte leider kein ganzheitliches Autfit zusammenstellen, das zu meinen alten braunen Naturaugen gepasst hat. Deswegen muss ich doch das Ganze noch mal mit den neuen grünen Augen versuchen.«

»Bei Allah, ich glaub's einfach nicht! So wirst du ja nicht mal bis zum nächsten Silvester fertig!«

»Osman, du bist wirklich unmöglich! Dass du alles so maßlos übertreiben musst!«

»Frau, es ist doch 4:39 Uhr morgens am ersten Januar. Jeder, der noch draußen rumläuft, ist bereits so sturzbesoffen, dass er nicht mal mehr sehen kann, ob du überhaupt Augen im Kopf hast, geschweige denn, welche Farbe sie haben. Von den meisten wirst du sogar brutal über den Haufen gerannt, weil sie nicht mal mehr in der Lage sind, dich überhaupt zu sehen!«

»Osman, du glaubst gar nicht, wie Saranim und Hümeyranim und Fadimanim sich gleich jede Kleinigkeit an mir merken werden! Und die haben dann naturlich ein Jahr lang nichts anderes zu tun, als überall rumzuerzählen, wie unmöglich ich in der Silvesternacht angezogen war. Ich hab gerade mit ihnen telefoniert. Wir wollen uns gleich in unserem Stammcafé treffen und in aller Ruhe frühstücken.«

»Jetzt wird mir endlich klar, warum man das Neujahrsfrühstück erfunden hat!«

»Du kannst natürlich ruhig ins Bett gehen, mein Schatz. So zerknautscht, wie du aussiehst, nehme ich dich sowieso nicht mit! Du hast dich nicht mal rasiert!«

Um 4:49 Uhr klingelt es wieder an der Tür.

Die Polizei ist da!

»Sind Sie Osman Engin?«, fragt der Beamte.

»Letztes Jahr war ich es noch«, sage ich.

»Herr Engin, Sie wurden beobachtet, wie Sie mit Ihrem

Ford-Transit um 4:10 Uhr in einen Laden einbrachen und Schuhe geklaut haben.«

»Es war 4:13 Uhr«, verbessere ich ihn. »Aber meine Frau hat jetzt grüne Augen und will deshalb die schwarzen Schuhe doch nicht haben. Sie können sie wieder mitnehmen.«

»Wir müssen Sie leider auch mitnehmen!«

»Warten Sie, ich verabschiede mich noch von meiner Frau und bringe gleich die Schuhe mit.«

»Eminanim, die Polizei will mich mitnehmen. Ich kann leider nicht mit dir zum Neujahrsfrühstück kommen!«

»Osman, hör mit dem albernen Kinderspiel auf. Ich bin doch ohnehin gleich fertig.«

Um 5:17 Uhr bin ich bei der Polizei.

Und die Neujahrsparty geht jetzt endlich los!

Die schrillsten und lustigsten Typen der Stadt sind hier versammelt:

Luigi, der italienische Kellner, der dem Gast die Rotweinflasche über den Kopf geknallt hat, weil er wegen dem sprichwörtlichen Haar in der Tomaten-Basilikum-Suppe gemeckert hat, obwohl Luigi doch glatzköpfig ist.

Die beiden Volksmusiker Lothar & Ludwig, die auf der Bühne Pleybäck singen, und sich wegen des Honorars vor allen Leuten leif geprügelt haben. Lothar als begnadeter Sänger wollte 70 Prozent der Einnahmen haben, weil der Ludwig doch nur wie immer ein bisschen mit der billigen Harmonika rumgeklimpert hat. Ludwig behauptet, der völlig zugedröhnte Lothar brachte alle Lieder durcheinander und verscheuchte mit seiner krächzigen Stimme das ganze Publikum.

Das Straßenmädchen Trixi, das so frei war, von seinem Freier Hubert das Portmonee mitgehen zu lassen, weil die Fellatio in der Silvesternacht doch, wie jeder weiß, das Doppelte kostet und Hubert das nicht einsehen wollte. Hubert beschwert sich, dass Trixi sich nicht mal ausgezogen hat. Trixi sagt: »Doch nicht bei diesem Preis, außerdem bin ich nicht seine Frau!«

Drei besoffene Autofahrer, der eine ist so voll, dass er nicht mal mehr seinen Namen weiß. Die anderen beiden heißen Karl und Jens-Uwe.

Ein völlig zerstrittenes Ehepaar, wobei Frau Knuthilde Klinkhammer ihrem Mann Waldemar den großen Spiegel auf den Kopf gehauen hat, weil er sie, während sie sich für ihn fertig gemacht hat, die ganze Nacht über »unglaublich genervt und unaufhörlich gehetzt« hat. Frau Knuthilde Klinkhammer versucht immer noch, sich mit einem größeren Stück des zerbrochenen Spiegels weiterzuschminken. Herr Waldemar Klinkhammer sitzt mit einem dicken Verband auf dem Kopf neben seiner Frau und hält ihr den Spiegel.

Und alle paar Minuten schleppt die Polizei ständig neue solcher interessanter Menschen zu uns.

Es wurde also doch noch eine sehr lustige und vergnügliche Silvesternacht für mich und meine neuen Freunde.

Nächstes Jahr wollen wir alle wieder hierher kommen.

Ich, Waldemar, Luigi, Karl, Jens-Uwe, Lothar und Ludwig auf jeden Fall, Trixi kann noch nicht fest zusagen.